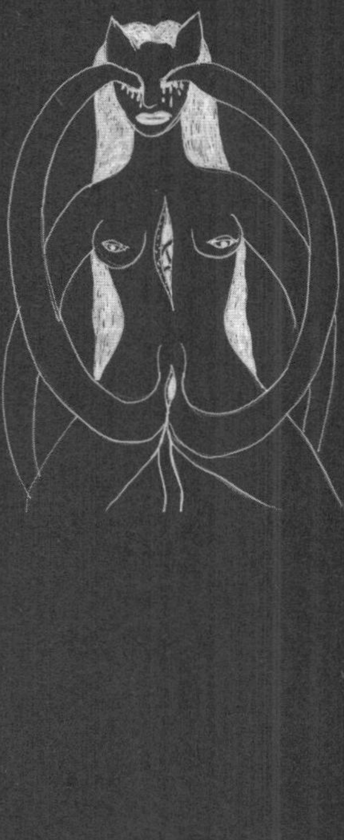

Contos

Tempestade (Telhado)

Ouço o trovão, me ponho dou
um pouco acordada visto o
robe de chambre e sem
quanto sem acender a lu
não é preciso, a noite ilumina
as paredes de sombras e
posso ver tudo o que não v
com as luzes acesas: as al
que pairam, os seres do so
mundos, as sombras movem
os pensamentos que fogem, os
pássaros noturnos, as janela

Ana Miranda

Noturnos

Contos

COMPANHIA DAS LETRAS

Capa e projeto gráfico:
Victor Burton
sobre desenho de Ana Miranda

Vinhetas:
Ana Miranda

Preparação:
Cássio de Arantes Leite

Revisão:
Ana Maria Alvares
Maria Regina Machado

Dados Internacionais de Catalogação na Publicação (CIP)
(Câmara Brasileira do Livro, SP, Brasil)

Miranda, Ana
Noturnos : contos / Ana Miranda. — São Paulo : Companhia das Letras, 1999.

ISBN 85-7164-872-7

1. Contos brasileiros I. Título.

99-0540 CDD-869.935

Índice para catálogo sistemático:
1. Contos : Século 20 : Literatura brasileira 869.935
2. Século 20 : Contos : Literatura brasileira 869.935

1999

EDITORA SCHWARCZ LTDA.
Rua Bandeira Paulista, 702, cj. 72
04532-002 — São Paulo — SP
Telefone: (011) 866-0801
Fax: (011) 866-0814
e-mail: coletras@mtecnetsp.com.br

Para Rubem Fonseca

A imaginação é um labirinto
em que o difícil não é a saída,
mas a entrada.

Rubem Fonseca

Dança

Sozinha anos num pequeno apartamento, o telefone mudo, não há móveis nem fogão, apenas um tatame para dormir, os livros empilhados na parede, difícil de encontrar difícil de retirar e as roupas jogadas num canto do quarto sempre amassadas misturadas com os sapatos onde estão as meias onde está o sutiã? para comer e beber só vinho e pão, sozinha num andar alto, as gaivotas voam abaixo da janela, o telefone mudo, um espelho de parede deixado pelo antigo morador sozinha anos e sem vontade de ter um lar, como se diz sala-de-jantar-conjunto-de-sofá-e-poltrona-estantes-para-livros-geladeira nada disso, vazio vazio sozinha chego em casa do trabalho cansada tomo um banho na banheira de mármore e me visto como se fosse para uma festa, o telefone toca, eu não atendo, Alô aqui é da companhia de seguros, vestida de saia ampla blusa de babado, colar de pérolas, sapato de salto alto negro e dourado, pinto os lábios de batom vermelho-sangue, ligo o rádio no volume máximo, apago as luzes, Alô mãe você está em casa? atende mãe atende por favor, a voz do meu filho, acendo velas, água da torneira, droga onde está o xale de flores onde está o saca-rolhas, o telefone toca eu não atendo, encho uma taça de vinho tinto e bebo, o telefone mudo, na frente do espelho que deforma o corpo na altura dos quadris eu danço sozinha, nunca tive coragem de dançar na frente de alguém, o telefone toca eu não atendo, sozinha xale de flores velas vinho mais uma taça, danço Cecília danço a marcha fúnebre a marcha nupcial num andar alto, as luzes da cidade abaixo dos vidros das janelas, as grades me separam do mar murmúrios da floresta sozinha o telefone mudo pão e vinho, adágio, braços ondulando, saia ampla gira gira luzes da cidade, noite, vinho, batom vermelho, a morte do cisne sangue tatame o telefone toca Alô mãe atende por favor sapato alto a perna branca no espelho, fleurs de rocaille, a língua também faz parte da dança, os cabelos molhados, sozinha suada cansada do trabalho aleluia o telefone mudo o rosto afogueado de sangue, Mamãe mamãe atende fala comigo responde, batom vinho aleluia suor silêncio.

Roupa de Homem

Durante anos eu me vesti como um homem, abria o meu armário de roupas e via apenas as cores preto marrom cinza marinho bege, nem mesmo o branco a não ser em camisas de tricoline ou cambraia que minha mãe me dera e que haviam pertencido a meu pai, as golas por dentro encardidas do suor com que ele nos sustentara, eu tinha uma calça de risca de giz que também havia sido de meu pai, dois paletós de lã inglesa e um de seda com a etiqueta no bolso de dentro onde estavam escritos o nome do alfaiate e o nome de meu amante, um homem que não vivia comigo mas nos amávamos e ele me dava suas roupas para que eu as usasse, eu lhe pedira suas roupas como uma prova de amor, ele me dera seu suéter de caxemira cor-de-vinho com um pequeno furo no cotovelo mas macio que eu vestia nos dias de inverno, eu usava sapatos de couro preto ou marrom com cadarço, possuía uma única bolsa do tipo mochila de viagem, havia mesmo uma gravata em meu armário mas eu nunca a usara, embora o meu perfume fosse de mulher, *Amazone*, o meu armário e a minha roupa e as cortinas e a cama cheiravam a charuto, eu fumava os charutos de meu amante às vezes em lugares públicos mas quase sempre na cama depois que fazíamos amor fumávamos juntos, ele soprava a fumaça nos meus cabelos, nos meus pêlos, em meu armário não se via nenhum colar ou brinco ou pulseira, nenhum decote, eu abotoava até o último botão as minhas camisas, nem adorno nem pintura, não que eu não fosse vaidosa, nenhum brilho ou cintilação e no dia em que finalmente casei, com um outro homem, que conheci por acaso numa festa e me tirou para dançar, entrei numa loja e comprei um vestido no estilo camponês, feminino, estampado de flores e com rendas na gola, talvez pensando em agradá-lo mas sentindo florir no meu corpo feito uma ferida aberta a minha fragilidade, comprei um par de sandálias altas, depois comprei outro vestido, mais tarde outro e outro, em cores discretas porém menos austeras e aos poucos meu armário foi se colorindo e se tornando feminino, as roupas de homem puindo e mofando, joguei-as fora uma a uma, mas elas ainda existem dentro de mim.

Festa

Há muita gente, uma gente morena e animada, um grupo musical toca num tablado, as pessoas dançam ou acompanham a música balançando o corpo, trouxeram seus copos de casa e os enchem num barril do qual se distribui cerveja não muito gelada, os homens disputam a cerveja, riem, dão com o cotovelo no rapaz ao lado para chamar a atenção sobre uma mulher que passa, mulheres mexem os ombros, rodam saias coloridas, numa fogueira crianças acendem fogos de artifício, os velhos e os convidados estão sentados, alguém me oferece uma cadeira sob um toldo, não há a menor ameaça de chuva, o céu está repleto de estrelas, trouxeram as cadeiras das casas, pessoas observam das janelas e das varandas a festa, acenam, dão gritos alegres, policiais requebram com a música e se alegram, um homem vem me tirar para dançar, agarra minha cintura e me leva rodopiando pelo asfalto, a saia gira, a alça do vestido escorrega pelo ombro, os cabelos desabam, a trança se desfaz, o batom desapareceu nas bordas dos copos de cerveja, nas pontas das cigarrilhas que fumei, ele me faz girar tonta entre os casais suados, depois me leva à cadeira, faz uma mesura, em seguida outro homem me tira para dançar, e mais outro, eles encostam o corpo no meu e me fazem sentir o quanto são masculinos, duros, prontos para o sexo ou românticos, cálidos, sonhadores, cerimoniosos, alguém me dá um prato de papelão com petiscos fritos, talvez sejam peixinhos, talvez lascas de aipim, mais um copo de cerveja, me sinto um pouco tonta, uma freira sobe no tablado, pede à orquestra para cessar a música e toma o microfone, diz que as moças bêbadas devem parar de dançar e se retirar da festa, tenho a impressão de que está se referindo a mim, dancei como se estivesse bêbada, a girar nos braços de um desconhecido, rindo, entregue às tentações da felicidade, um homem estende a mão e me tira para dançar, me arranca dos meus pensamentos, percebo que a freira foi apenas uma lembrança de uma festa perdida em minha memória, que retorna perfeita, e aceito dançar com o homem, o vestido gira.

Retrato de Homem

Sentado ao meu lado ele olha meu perfil enquanto disponho sobre um assunto qualquer mas sinto que ele não me escuta, apenas olha, com perseverança, então percebo que ele enfia a mão no bolso de meu paletó e a deixa ali, continuo a falar, fingindo que tudo permanece em ordem, na primeira vez em que nos encontramos ele bebeu duas garrafas de vinho, agarrou meus punhos e disse Na minha casa as mulheres comem a pêra e os homens comem a casca, ele é gentil e embora atravesse a baía a nado ou entre em lutas de boxe para me impressionar é verdadeiro, mesmo tendo uma vida dupla, talvez eu seja a única pessoa a conhecer seus dois mundos, seus segredos, a guardar suas cartas de amor e os retratos de suas ex-amantes, não são segredos incomuns como seu procedimento, são humanos, de seres apaixonados, ou idéias a respeito de política, julgamentos espirituosos do comportamento, seus raciocínios são excepcionais, coisas que outro homem revelaria sem hesitar, até com orgulho, mas ele ama o segredo e me amou mais intensamente enquanto fui o seu segredo, não é calado nem impenetrável, talvez por isso recuse o contato humano, porém fica desarmado diante de uma pessoa especialmente se for gentil ou uma mulher suave ou bonita ou feia de corpo bonito ou feia de corpo feio mas tornozelos bem-feitos ou dentes azuis, é fácil suborná-lo com amor, todavia ele nunca abre seu coração nem derrama seus sentimentos, prefere guardar as verdades nas profundezas do seu estoicismo, sufocado pelas emoções guardadas ele suspira, fala sozinho na rua ou com personagens de sua imaginação, faz ruminações peripatéticas sempre que algo pode vir à tona, abraça árvores, dá todo o dinheiro da carteira para algum mendigo, bebe até esquecer, senta sozinho no banco da praça chuta latas caminha ao nascer do sol foge dos conhecidos bate com a cabeça nos postes e tropeça nas pedras, cães vadios o seguem na rua, gosta de ser tenebroso e me faz medo com suas histórias de túmulos, porões, minhas casas nunca tiveram porões, os mundos secretos ficavam nos telhados, perto dele sempre perco uma parte de mim mas ganho algo incompreensível que vem de fora, uma espécie de troféu raro.

Blusa Vermelha

Preciso encontrar uma saída, fecho os olhos e vejo o rosto dele, um rosto, nada mais, talvez a saída esteja dentro de mim ou sobre o criado-mudo, estou só, na penumbra, acendo a luz do abajur, minha imagem surge no espelho, uma mulher madura de cabelos negros, um rosto grave, olhar pacífico, em pé diante do espelho acaricio meus seios, a pele do braço se arrepia, borrifo perfume em meu corpo, escolho a roupa que vou usar, uma saia preta e uma blusa vermelha, uma mulher de blusa vermelha está disposta a se entregar, escolho a roupa íntima, meias de seda finas, estendo as peças sobre a cama, fecho os olhos para pensar nele, decidir, os compromissos têm vida própria, olho para ele enquanto ele se move na escuridão, meu espírito prisioneiro de alguma secreta lei natural, como um girassol, se eu fosse um pouco mais jovem, alguns anos somente, estendo a pele de meu rosto, visto a lingerie, calço as meias e os sapatos de salto alto, se eu fosse um pouco mais magra, um pouco menos triste, visto a saia, a blusa vermelha, passo batom, e se ele não gostar de batom? e se ele não gostar de meu perfume, de meus pêlos, e se ele não gostar de mim? um ser humano seduzido é uma opressão, fecho os olhos, a imagem dele flutua no escuro, por que seu olhar era para mim? por que ele me olhava com olhos tão pungentes? não quero esse olhar suplicante, não quero revelar meu corpo nem minha alma, eu não saberia dizer as palavras que penso ou as palavras que ele espera de mim ou eu mesma espero, visto a blusa vermelha, a blusa marca os meus seios e envolve meu corpo numa espécie de fulgor, de sugestão sexual, de carne, alguém me disse que uma mulher ao vestir uma blusa vermelha está disposta a seduzir e a se entregar, o vermelho atrai e prende os olhares ao corpo, ou aos lábios, um batom vermelho um vestido vermelho um copo de sangue um incêndio, introduz o olhar no interior do corpo, penteio os cabelos, pego o vidro de perfume, o isqueiro, apago a luz, em pé diante do espelho derramo o perfume em meu corpo e me vejo vestida com a blusa vermelha, pronta para me entregar, pouco importa o que eu revelar, nunca será a verdade.

O Vestido de Noiva

Uma mulher abre a porta do quarto, Está na hora, ela diz, entro, ela me segue, é um quarto iluminado pelo sol da manhã, de paredes brancas e janelas brancas que abertas dão para algo branco, talvez um campo de algodoeiros, talvez uma névoa densa, as cortinas de renda voam sopradas por uma brisa, flores no papel de parede se movem como se fosse num sonho, Por aqui minha querida, ela diz, é uma mulher velha que poderia ser minha avó, sua blusa está repleta de alfinetes espetados no tecido, e agulhas com pedaços de linhas brancas dependuradas, em seu bolso há uma tesoura, uma fita métrica pende como um colar aberto, no quarto há potes de canutilhos, de miçangas, de lantejoulas, rolos de fitas de veludo ou cetim, folhas de pano, camélias de organza ou rosas, ou jasmins, fiapos pelo chão, mulheres velhas trabalham bordando ou costurando sentadas detrás de máquinas que não fazem quase nenhum ruído, elas levantam os olhos para mim e sorriem, Seu vestido está pronto meu amor, diz a velha, aponta um vestido branco feito de tecido nacarado, com todas as suas regras básicas, um jogo de sonhos e virgindades, uma espiritualização do corpo, a fingir uma fragilidade para não assustar o noivo, a mencionar a pureza, a majestade, a exigir núpcias carinhosas, entre erotismo e religião, um longo véu de musselina escorre pelo dorso da boneca de madeira e pano que o veste, estende-se sobre o tapete, relva de malváceas, caminho a trilhar, pelo céu, uma tradução material do sonho, sinto uma felicidade a me inundar a alma, Experimente o seu vestido querida, a mulher diz, eu me dispo e enquanto isso com suas ajudantes ela retira o vestido do manequim e me faz vesti-lo, eu o sinto em meu corpo feito uma pele, acaricio o tecido, as costureiras coroam meus cabelos com o diadema e o véu, calço as luvas, os sapatos, elas põem diante de mim um espelho de três faces e vejo a minha imagem de três ângulos, Gostou querida? Está lindo, Que boneca de luxúria, elas comentam, não sei quanto tempo se passa, perco a noção também do espaço, nem sei a que mundos minha mente me leva, embalada pelo vestido de noiva, mas quando olho pela janela percebo que anoiteceu.

A Morte do Cisne

No banho choro, a água na água se desfaz, ele ouve e bate à porta, O que é? não respondo e ele fica um longo tempo em silêncio esperando diante da porta, enquanto me enxugo soluçando vejo seu vulto nas frestas da veneziana, a ponta de seus pés abaixo da porta, em seguida ele vai embora silencioso como sempre, apenas posso ouvir o estalar de seus ossos pela casa ou quando ele mastiga pão de noite na cama, ele murmura ao telefone e passa o dia calado, visto a camisola e volto a chorar, na cama, mas dessa vez ele não aparece, um ladrão tenta entrar em minha casa, corro de janela em janela para trancá-las mas ele consegue encontrar uma janela aberta Você está chorando, meu amor? Por que motivo? não sei, o mundo é assim mesmo, choro na cozinha, que medo de perder o menininho, medo da morte súbita e violenta, medo do desastre de avião, do tubarão, da janela, nada disso vai acontecer na sua cama, quando criança meus pesadelos eram um cisne que morria lentamente, hoje são ladrões que tentam entrar pelas janelas na minha casa, estou sozinha no escuro, ele deita na cama com um pedaço de pão e mastiga, ruminando suas lembranças, seu grande amor perdido, estou deitada de costas para ele, também acompanhada de tudo o que perdi na vida, no escuro nos amamos, silencioso ele se encosta e entra em mim, como sempre precisa de minha ajuda, precisa de mim, também de seu passado, os homens e suas necessidades, as mulheres e suas fantasias, lá estão eles a brincar de soldadinhos de chumbo, eu preciso dele, somos uma espécie de animais noturnos, somente de noite acordamos, lágrimas voltam a escorrer de meus olhos, as mesmas lágrimas da adolescência, enquanto ele se satisfaz em mim, estou distante, é tão difícil mostrar o amor, sinto a presença da água do lago e as penas, janelas batem, tento imaginar qual será o pesadelo desta noite mas o pesadelo é estar acordada, tudo povoa o ar do quarto, volumes densos de tanta eternidade, gravitando, tão entranhados de mundo que me fazem chorar sem motivo, apenas por estar perto de amanhecer.

Visitante

Ele é o único dos homens vestido de terno, subimos juntos no elevador mas nos ignoramos por timidez, ainda no hall um convidado se aproxima e desfaz o nó de sua gravata, dobra-a e a guarda no bolso de seu paletó, desabotoa seu colarinho, ele toma o gesto com naturalidade, bebemos vinho e comemos, há muitas pessoas e cada uma lhe dá alguns minutos de atenção, o meu comportamento é como sempre sofrível, minha roupa é inadequada, um vestido de lã azul numa noite de calor e sandálias, uso um batom vermelho que deixa marcas nas taças e nas faces que eu beijo, rio mais do que o recomendado depois caio num silêncio reflexivo e me sento sozinha a um canto, converso com o garçom, fumo umas intragáveis cigarrilhas, sopro a fumaça para o alto suspiro cruzo as pernas sinto vontade de chorar, falo de maneira hesitante, esqueço-me de dizer tudo o que ensaiei na frente de um espelho na tarde de hoje, percebo que minha unha puxou um fio da meia, na sua frente apago a cigarrilha dentro de uma xícara de café, mas mesmo assim eu me sinto acolhida neste lugar, as pessoas falam comigo e sorriem para mim, umas me olham de longe, curiosas, fico sentada no sofá, sozinha, olhando as pessoas e imaginando que homens dentre aqueles eu poderia amar, num certo momento vejo-o abandonado perto da janela, eu me aproximo e nos voltamos para a paisagem noturna, as montanhas de pedra, o mar negro, as árvores recriadas pela luz dos postes, as estrelas, ele me pede que lhe mostre uma certa constelação mas dali não se pode avistá-la àquela hora, Leve-me aonde se possa vê-la, ele pede, saímos no carro que o serve e peço ao motorista que nos leve à praia de mar aberto, é uma noite de névoa que paira apenas sobre a areia e a água do oceano, encobrindo as ilhas, a partir de uma certa altura o céu está límpido, repleto com o âmbito sereno das estrelas se movendo na sua ordem íntima e sua apavorante simetria, que mão as poderia ter criado? avisto a constelação e a aponto, o visitante inclina os olhos à altura do meu ombro, comenta que é pequena Mas vou sempre relembrá-la na extremidade do teu braço, o motorista me deixa em casa e leva o visitante para o hotel, passo a noite acordada olhando as estrelas.

Vestígios

Fico sabendo que um desconhecido esteve em minha casa, logo que chego do almoço de sábado, cansada e bêbada, zangada e a ponto de repreender a minha amiga, Um homem? Quem? Como pôde deixar um estranho entrar aqui? ele tocou a campainha, perguntou por mim, sabendo que eu não estava em casa ele pediu para entrar, deu a carteira de identidade como garantia e ela o introduziu na casa, Mas quem era? pergunto, Tinha um ar distinto, a amiga explica, o desconhecido entrou e foi direto ao escritório, ficou olhando os livros um longo tempo, folheou um ou outro, depois sentou e escreveu um bilhete, e ela me entrega um pedaço de papel onde numa letra trêmula, tímida, quase invisível está uma mensagem, Vim para dizer adeus e agradecer por me mostrar o seu ninho, causa-me surpresa saber que ele me procurou, como encontrou minha casa? a explicação do bilhete sobre seu gesto torna-o ainda mais enigmático, embora seja poético, alusivo e completo, a amiga começa a chorar, peço desculpas e ela desaparece pelo corredor, sozinha na sala me viro para trás, minha casa está diferente, ainda há uma presença vagando, meus livros tocados por uma luz peculiar, tudo inundado por um silêncio novo, uma nova quietude, dou alguns passos em direção ao escritório, abro devagar as portas de vidro e entro, tomada de um sentimento parecido com o que tenho ao entrar numa igreja vazia, ampla e escura, quando sinto a presença de um ser que não pode ser conhecido, a lembrança do homem fica pairando ali, um cheiro masculino, uma ausência mais intensa do que a presença, que não se apagará, rastros e vestígios do amor, o irreal, passo a sonhar com ele quase todas as noites, nos sonhos o homem está no meu escritório mexendo nos meus livros ou bate à porta da minha casa e quando a abro não vejo ninguém, alguns meses depois, quando já estou esquecendo seu rosto e sua voz, recebo uma carta, ele diz que sua visita foi um impulso de alguém que se sente perto do fim e quer receber o último presente da vida, mas aquilo havia feito nele um buraco, como se ele tivesse aberto uma porta que dá para lugar nenhum.

Casa Branca

As cartas que ele me escreve formam um quebra-cabeça não muito difícil de montar, posso saber um pouco sobre sua vida, sua maneira de ser, seus verdadeiros sentimentos, as reflexões sobre seus assuntos prediletos, até mesmo coisas que ele não pretendia revelar, as palavras parecem fluir dele e tudo vai sendo escrito como num diário da imaginação nem mais sensível nem menos real que qualquer outro mundo, um homem tentando apreender como todos nós um mundo perdido, suas cartas são uma fábrica de sonhos fantasmas vislumbres, e vivendo trancado em um sótão no terceiro andar de uma bela casa branca com vista para a paisagem do oceano afastada da cidade, sozinho entre árvores ouvindo gorjeios de pássaros ou flocos de neve rangendo na janela, os netos a jogar no jardim, as folhas a caírem na relva, folhas que ele depois vai recolher com um ancinho e meter num saco de lixo, ouvindo as unhas dos esquilos que saltam, a chaleira na cozinha, a lenha queimando na lareira da sala, nesse mundo pequeno, terno, virtuoso, ele me abre caminhos para mundos interiores, como se ele mesmo fosse uma janela e olhando cada vez mais dentro dele olho mais dentro de mim a cada dia com maior aceitação da nossa impossibilidade, distância física, sem saber se temos o direito de amar um ao outro, aprendendo como se contorna e como se derruba cada obstáculo, ele me transmite um mundo que engendra comendo galinha com morango ou visitando cemitérios abandonados ou descendo as colinas até a praia com uma cesta de piquenique no braço e um cortejo de mulheres e crianças, plantando tulipas ou pintando os pilares da varanda de sua casa para esconder as rachaduras da tinta antiga como se acreditasse que é possível alguém reparar os estragos do tempo, cultivando sua paixão secreta ou meditando na igreja ou submetendo o corpo às luzes que tornam sua pele macia, como se o segredo da vida estivesse nas coisas minúsculas e sem importância, assim ele escreve suas cartas apaixonadas sobre a existência, a volúpia, a inevitabilidade e a morte, construindo com o seu o meu mundo, e nosso passado vai crescendo, arrastando-se atrás de nós como um rabo cada vez mais transparente.

Retrato

De terno, um pouco tímido ele entra em minha casa, suas mãos tremem, é um homem de pequena estatura e cheira a lavanda, tem olhos e cabelos cinzentos, nos anos em que esperou por este encontro me escreveu cartas, mandou corbeilles de rosas, vasos de orquídeas, poemas pelo correio, como um espelho de sua alma angustiada, eu lhe mandava cartas perguntando sobre sua vida mas ele falava apenas sobre mim como se eu fosse a única prova de ele estar vivo, sempre que se dava a pensamentos nos quais eu não estava presente ele se sentia vazio, ao fechar os olhos me via e quando ficava sozinho falava comigo, na cozinha, na sala, na varanda, Pode um homem sobreviver a um grande amor... ele tivera um amor em seu passado, uma mulher que jamais possuíra, precisava me ver antes de morrer, quando escreveu dizendo que viria à minha cidade e talvez tivesse oportunidade de me fazer uma visita respondi-lhe que ao me ver deixaria de me amar, e citei amores irreais, mas ele disse que não se tratava desse tipo de amor embora fosse espiritualizado, petrarquista, e embora também achasse ser a mulher algo que não se pode profanar, nem mesmo sabia se ainda lhe restava algum fiapo de amor no coração tão velho, O tempo é uma espécie de cimento, ele escreveu, e tem as suas regras secretas, ele entra em minha casa e observa a sala com poucos móveis, o sofá rasgado pelas unhas do gato, o tapete, a mesa de vidro, as estantes de livros, lê as lombadas e comenta os conteúdos dos romances sempre de costas para mim, eu o faço sentar no jardim-de-inverno e vou à cozinha buscar a bandeja com o chá, quando volto ele tem em suas mãos o meu retrato, Tão bom poder maravilhar-se com alguma coisa, ele diz olhando o retrato, o tempo passa, ele continua de olhos presos no retrato, no final diz Que pena termos tão pouco tempo, ainda olhando o retrato, ele não fala comigo mas com o retrato, durante todo o tempo olha apenas o retrato, como se eu não pudesse existir de verdade, a campainha toca, ele põe o retrato de volta sobre a mesa, quando se despede beija minha mão sem levantar os olhos e se afasta, contra a luz do corredor, vai embora, talvez para sempre.

Pés Descalços

Há mais de dez anos acontecera, esqueci completamente mas nesta noite me volta à cabeça e não consigo dormir, os livros espalhados no chão ao lado da cama, os objetos assombrados, sinto meus lábios ressecados mas não consigo me levantar para tomar um copo d'água, nem mesmo posso mover qualquer parte de meu corpo como se existisse apenas a mente entregue a um pensamento, uma lembrança se passando ralentada, eu sem poder compreender como aconteceu, como fui capaz de fazê-lo, ele era naquele tempo um homem quase estranho para mim, falava com respeito, de uma maneira formal, estávamos sentados no sofá a alguma distância um do outro quando percebi que meus pés saíam dos sapatos como se tivessem vida própria, deitei no sofá, estendi as pernas e os pés pousaram no colo dele, ele ficou pálido, mudo, sua fisionomia sempre suave se tornou séria, ou melhor, exprimiu um misto de surpresa, crítica, medo e prazer do inusitado, logo se recobrou e sorriu, senti um odor de suor vindo das meias e dei uma risada nervosa, queria tirar os pés mas não sabia como, não *havia* como, eram pesados e incontroláveis, ele continuava imóvel, o instante parecia não ter fim como os instantes das tragédias, dos acidentes, meu coração fazia a batida compassada de um tambor distante, o odor que aspirávamos tinha algo de sexual, de certa forma feminino, como quando tiro minhas roupas e meu verdadeiro odor se desprende, um segredo que paira, descoberto, gostaria de lhe falar sobre minhas vidas profundas, contar meus segredos, mas os pés descalços me impediam, esperávamos que chegasse alguém para quebrar o instante de imobilidade mas a porta continuava fechada e sabíamos que àquela hora ninguém viria mais, os pratos do jantar já tinham sido retirados da mesa e as velas estavam no final, era um daqueles momentos em que nos sentimos impotentes, pois estamos dormindo ou quase, incapazes de mover sequer os lábios para dizer uma palavra ou pedir socorro, água amor compaixão, pedir ódio, ele permaneceu imóvel segurando sua xícara de camomila, olhando absorto para a porta, eu queria fugir ele queria fugir mas não podíamos.

Silêncio

A mulher mais admirável do mundo foi sua professora primária, ele diz, apaixonou-se por ela e um dia a convidou para ir ao cinema, ele se perfumou, vestiu sua melhor roupa, com os cabelos molhados bem penteados ele bateu à porta da casa dela no domingo ao entardecer, a solteirona o esperava com a sombrinha na mão e estacou quando o viu e ela disse Eu não vou sair com você para lugar nenhum porque sua roupa é ridícula, ele a odiou durante anos mas um dia percebeu que ela fora a melhor de todas as mulheres porque lhe dissera a verdade Entende o que quero dizer? ouço sua história e continuo em silêncio, as lágrimas escorrem no meu rosto, não tenho coragem de lhe dizer nada, não quero ferir ainda mais este homem de olhos doces, uma gazela recém-nascida tentando se levantar, ele ainda está sentado sobre sua mala e os cacos de seus óculos se espalham em torno de seus pés, uma lente se rachou, a outra está estilhaçada no chão, ele diz Estou cego podes me apunhalar tens o meu coração entre os molares pouco importa já estou sangrando já estou morto as mulheres muito femininas são fatais o teu silêncio me fere ainda mais, procuro palavras, mas não consigo pronunciar nenhuma, não pode ele ler nas minhas lágrimas? não pode ler na minha alma? qual palavra diria mais que a verdade do meu silêncio? em seu colo ainda está o embrulho em papel de presente para meu filho que ele não conhece, mas ama, sinto como se eu não existisse nem para mim nem para ele, somos dois estranhos embora nossos corpos se conheçam e se entendam e penso Como posso ser tão covarde? eu o beijei no pátio da igreja na frente de todos, eu o abracei e o amei, ele pode me libertar de mim, quem é a mulher que ele ama e pensa ser eu? quem é ele e por que parece tão frágil? por que não se levanta daí? poderia lhe dizer que não o amo mas eu o amo, por que ele não me abraça? por que não segura a minha mão ou me beija? há dentro de mim um escuro e no meio a figura iluminada de um homem sentado sobre a mala, os óculos estilhaçados, um embrulho de presente nas mãos, que me leva ao silêncio.

Animal

Ele me ama como se eu fosse um animal de estimação, quer que eu seja pálida e tenha olheiras, não ia se importar nada, uma mulher frágil e macia como se fosse feita de pelúcia, quer as minhas veias aparecendo debaixo da pele branca para ver o avesso do corpo, para ter a sensação de que lhe pertenço, para ser mais fácil me matar, desenha com uma caneta imaginária as veias do meu pulso, como se planejasse um corte diz, Aqui você morreria em apenas três minutos e toca na veia do meu pescoço Aqui em três segundos, encosta um revólver imaginário em meu seio e diz Aqui morte instantânea sem dor nem sofrimento e dispara enquanto faz o som do tiro em minha boca, seu corpo dentro do meu, Teu corpo é meu brinquedo, Tenho ciúmes desta tua veia que escreve a letra S, digo, Vou ler o que as tuas veias escrevem, ele diz, escreve na minha coxa com uma caneta imaginária e beija a pele onde é mais branca nas partes de dentro das coxas e nas partes de baixo dos braços, Teu corpo é meu diário, Se algum dia eu te deixar quero que me mates, digo, Eu te quero pálida, obedeço, fico branca, ele faz um corte desde a garganta até o púbis, Eu te amo por dentro, quero ver o teu coração, beijar os teus pulmões, arrancar o teu útero, acariciar as tuas finas e longas clavículas, e passa a medir meu corpo, aos palmos as coxas os braços os quadris, cinco dedos de joelhos oito dedos de altura do pescoço, pede que eu mostre os dentes lá no fundo da boca, a língua, as partes mais vivas, as subterrâneas os fossos os torreões, As tuas jóias, passa a unha na minha pele, segue as veias, formas que nascem do movimento, acompanha as variações do meu rosto e a arquitetura dos pensamentos, desce pelo ombro, nenhuma linha reta, as curvaturas da carne e os drapeados dos cabelos, as sombras azuladas dos domos, as ossaturas suspensas, Teu corpo é minha igreja, o corpo é pleno de revelações religiosas, a imagem de Deus, mas há tantos milhões de enigmas no corpo, ele diz quando estou lânguida e toda lhe pertenço, Olhar é amar, olhando continuamente sabemos o quanto se modifica tua geometria, teu corpo é a minha casa, onde finalmente posso me sentir só.

Lua

No meio da noite acordo com o rosto molhado de lágrimas, sinto o travesseiro úmido, não sei por que motivo estou chorando, talvez tenha sonhado com algo triste ou tido um pesadelo mas não lembro de nada, possuída por uma sensação de perda sento na cama, faz frio, é uma noite rara de inverno, uma luz suave ilumina minhas mãos e o pano da camisola, pela janela a lua minguante cercada por um halo faz comentários noturnos, ela em sua altivez e eu tão pequena, penso por um instante que a lua talvez saiba do meu pesadelo, talvez *ela* o tenha provocado, ouvi dizer que a lua é dona do ventre das mulheres, as lágrimas não param de cair, não parecem minhas, sei o que preciso fazer, levanto da cama e como se flutuasse atravesso o quarto, paro do outro lado da cama, sob a luz da lua ele dorme inocente e indefeso sem medo de que eu o mate ou fira em sua velha pijama xadrez, livros na cabeceira, recortes de jornais no tapete de pele, olho-o durante algum tempo e penso se talvez o pesadelo tem algo a ver com sua presença em minha vida ou se é algo ainda mais fundo e mais antigo, sem nenhum ruído entro no banheiro, fecho a porta, acendo a luz, tiro a camisola, meu rosto desfeito surge no espelho, molhado, os olhos vermelhos, os lábios com vestígios de batom, os cabelos desgrenhados, o corpo marcado pelas dobras do tecido e pelas costuras da camisola, pelo amor, pelo tempo, os seios carentes brancos, as clavículas curvadas sob a pele, minha beleza cada vez mais sutil como se afundasse em mim, sem forças, penteio os cabelos com uma escova, desembaraço os nós com um pente, faço com que os cabelos desçam pelos ombros e sobre os seios até quase a cintura, abro a gaveta e tiro a tesoura, mecha por mecha corto-os, a cada tufo que cai eu tenho mais nítida a sensação de que me liberto, não sei exatamente do que, mas é algo relacionado ao pesadelo, às lágrimas, à lua, abaixo-me, junto os cabelos e os jogo fora na cesta, volto a olhar meu rosto pálido feito de pedaços arrebentados e costurados uns nos outros, um doloroso trabalho de reconstrução cotidiana, apago a luz, volto ao quarto e, em pé, diante da janela, espero a noite terminar.

Obrigação Noturna

O quarto está às escuras, meu marido dorme ressonando enquanto em pé diante da janela olho a escuridão, eu nunca consigo dormir, minhas noites são uma espécie de inferno que tenho de cruzar como uma provação, rezo antes de me deitar e peço a Deus que me dê uma, apenas uma noite de sono, minha mente está começando a embaralhar as idéias, às vezes tenho alucinações como a de que um corvo vem me bicar os olhos até devorá-los mas ainda assim posso ver e vejo o meu próprio rosto ser devorado pelo pássaro, desde que nasceu minha filha meu coração se destroçou, nem mesmo consigo amamentá-la, meu leite sai fraco, quase uma água amarelada e a criança chora de fome, talvez se sinta abandonada por mim e tem boas razões para isso, há dias não a tiro do berço, entreguei-a a uma babá, como se ela morresse para mim, vejo de noite na parede do quarto a imagem de minha filha vestida como se estivesse morta, de branco, enfeitada com flores, os lábios roxos, uma alucinação de arrancar lágrimas mas não consigo chorar, minha alma vaga pela casa, atravessa paredes e ossos, quero amamentá-la, beijar-lhe o rosto, afagar seus cabelos, durante a noite penso nisso e decido que o farei mas quando o dia chega eu esqueço e apenas volto a lembrar à noite, uma obrigação noturna, a razão não mais me guia e me entrego ao peso de uma família destroçada por meu temperamento, passos leves ressoam no corredor, alguém se aproxima do quarto, fico parada, a porta se abre, uma luz clareia o marco, surge a mão de uma mulher, seus olhos cintilam, pé ante pé ela se achega à cama e deita, murmura o nome de meu marido e o acorda, eles se abraçam, fazem um sexo sonolento e prazeroso, com gemidos abafados, que me enche de desejo e repugnância, e adormecem assim, os corpos unidos se aquecendo de um amor que ele não é mais capaz de me dar, volto para a janela, uma estrela pisca solitária no céu, uma neblina azul circunda a luz do poste, na cerca estão pousados aqueles pássaros negros, os mesmos, eu os reconheço.

Machucados

Uma queimadura apareceu no meu pulso, meu marido chega em casa e olha o pulso, o ferro de passar roupa deixou aquela marca em forma de meia-lua e senti uma dor quase agradável, estava passando as camisas dele, a segunda queimadura no pulso direito parece proposital, tento mostrar a ele como aconteceu com o pulso esquerdo, seguro o ferro que gira entre meus dedos independentes e acabo por me queimar da mesma maneira, estive toda a vida me machucando, quando era criança cresci depressa e batia a cabeça se me levantava ou ia passar debaixo de um galho ou sair de um carro ou na barra do jipe, meus pés eram pequenos para a minha altura, eu perdia o equilíbrio e caía, esfolava os joelhos, as palmas das mãos, ganhei uma bicicleta, gostava de fazer malabarismos no selim e vivia levando tombo, ralando a pele, rasgando a roupa e se andava de patins caía de cara no chão, saía sangue do nariz, quebrava os dentes, meus fluxos sempre foram excessivos e tudo o que saía de mim, os cabelos nasciam com força e velocidade, a minha trança tinha a grossura de um braço, um menino me perseguia com uma navalha aberta na mão, ia me cortar o rosto para eu ficar feia, nunca me esqueço dele, hoje meus cabelos são curtos e finos, sempre surgem manchas em minhas coxas sem motivo nenhum, apenas para lembrar minha fragilidade e desaparecem, quando fico nervosa acordo com uma mancha vermelha no rosto, que se move por baixo da pele para lembrar que há mistérios no corpo, que é meu mas não posso dominá-lo, sobe à testa, desce ao queixo, vai à maçã esquerda, ao maxilar direito, volta à testa, desce ao nariz, desaparece e ainda mais tensa arranco com os dentes pedaços de unhas e das peles dos dedos roendo, as cutículas se partem, mordo as cutículas e se consigo me controlar deixo as unhas crescerem rôo deixo crescerem rôo deixo crescerem, quando as unhas estão longas e me sinto ansiosa raspo o joelho esquerdo com a unha do médio até fazer uma ferida, para não fazer a ferida no joelho rôo as unhas e paro de roer as unhas, as unhas crescem, firo o joelho para relembrar a minha fragilidade, rôo as unhas para não me ferir, sai sangue dos dedos.

Macaco

Demoro a dormir de noite com medo do restolhar das folhas no jardim, do ruído dos carros que passam distantes e do barulho das ondas do mar batendo na muralha de pedras, do vento zunindo nos coqueiros e das palmas que caem na areia, ondas gigantescas me perseguem tentando me levar para o lugar escuro do mundo, eu corro, olho para trás, as ondas cada vez mais perto, o pesadelo se transforma em outro, de madrugada acordo com alguém sacudindo meu ombro, é minha irmã pequena, a sonâmbula que caminha pela casa de noite, Eu vi, ela diz, trêmula, Hoje vi de novo, Foi só um sonho, eu digo, Ele não existe, Não, eu vi, ela responde, Vamos rezar que passa Ave Maria cheia de graça o Senhor é convosco, mando que fique em silêncio, escuto uma melodia que vem da vitrola na sala, a mesma música que eu estava estudando ao piano, ouço um tinir de vidros, segurando minha irmã no colo saímos do quarto, atravessamos o corredor, olho pela fresta o quarto de minha mãe, papai dorme na cama, ressona, cruzamos o hall sentamos no alto da escada de forma a enxergar o que se passa na sala imersa em uma penumbra azulada, luz da lua, deitada num sofá mamãe ouve a música, girando uma pedra de gelo dentro de um copo e fumando lânguida um cigarro, pernas cruzadas, balançando o pé no ritmo impressionista da música, está nua, suas roupas espalham-se pelo chão viradas pelo avesso mas os sapatos continuam nos seus pés, tem o corpo branco e longo, magro, os seios pequenos, pêlos negros embora os cabelos sejam louros, Ele foi embora, sussurra minha irmã, ponho o dedo na frente dos lábios, faço-lhe um sinal, descemos a escada e pisando no frio mármore da sala nos aproximamos de mamãe, sinto o meu corpo gelar quando vejo uma bola negra e peluda sobre o ventre de minha mãe, percebo que é a cabeça dele sobre o ventre de minha mãe, de repente ele pula da poltrona preta na penumbra, enrola-se num pano, corre e desaparece por uma porta, Cama, diz mamãe sem se mover de sua posição no sofá, Para a cama, ela grita, pego minha irmã no colo, subimos a escada e voltamos para o nosso quarto.

Ponto de Cruz

Eu me apaixonei por um homem, ele visita minha mãe de tarde, em nossa casa chega perfumado e tímido, as moedas tilintando no bolso de seu paletó, engasga nas primeiras palavras mas depois ele conversa com ela e passa a mão nos meus cabelos, sinto minha pele se arrepiar mas ele não percebe o sentimento que me causa, pensa que sou apenas uma criança e crianças quando sentem mostram o que sentem, mas eu não mostro, é forte a tentação de acompanhá-lo com os olhos, eu não entendo o que eles conversam, olho o homem enquanto ele a olha a bordar no bastidor, vejo-o levar a xícara de café aos lábios, ele me dá uma moeda e me diz para ir à padaria comprar um confeito, faço o percurso concentrada e só percebo o mundo de fora quando sinto o gosto doce da bala derretendo na minha língua, volto para casa e ele ainda está sentado na frente dela, no mesmo lugar mas um pouco pálido como se o seu coração tivesse parado de bater, eles permanecem em silêncio, ele segura a mão dela e a beija, em seguida vai embora, às vezes esquece de se despedir de mim, ela fecha os olhos, quando o ruído do carro dele desaparece ela chora em silêncio, suas lágrimas caem nos pontos de cruz, ela evita olhar para mim e depois que ele vai embora ela olha o relógio da parede de instante em instante ou fica diante da janela perdida longas horas olhando o gramado, algo esvaziou seus olhos, seu corpo, ela abraça e beija o gato, quando o animal escapole de seu colo eu o abraço e tento beijá-lo da mesma maneira mas em vão, olho o relógio porém não vejo nada, nem o tempo passa, eu não espero que o homem volte, até mesmo esqueço que ele existe, minha vida segue como a água da chuva que escorre procurando os subterrâneos, quando o homem reaparece eu lembro que o amo, amo a presença dele e não a sua ausência, um dia talvez eu vá amar a ausência de um homem, quiçá, não sei o nome dele, esqueci de perguntar, mas o nome dele não é importante, o nome de ninguém importa, sei quem ele é, pressinto sua alma, as esferas de sua existência, o calor de seus gestos e o rumor de sua voz, sinto em meu corpo a paixão que sente por minha mãe.

Carta de Odete

Beijo-te, em mãos tenho sua amável cartinha que beijei muitas vezes, já que não posso beijar-te pessoalmente, querida, estou com vontade de botar uma casa de merendas, tenho vontade de ir embora pra sua companhia mas sei que não posso deixar minha filha, aí tens meu retrato, mostre a suas colegas e diga-lhes assim: esta velha feia que vocês estão vendo foi minha babá, foi louca por mim e ainda é, e ela não me esquece, tenho vontade de passar o meu ponto de merenda, no dia em que trabalho demais os pés incham, estou ficando velha, minha filha tem ciúmes das tuas fotos emolduradas na sala, querida, nada tenho a perdoar, você era muito criança para se lembrar do amor que lhe dediquei, quanto mais o tempo passa mais eu tenho saudades, será que você não recebeu a minha carta? nossa casa de merendas tem uma concorrência até boa, há uma freguesa parecida com você, todos os dias dou-lhe um docinho, a minha intenção é que estou dando o docinho a você, ela é pequenina mas é o mesmo que estar olhando pra você, a casa fica bem perto de um grupo, a maior parte das crianças e das professoras vem merendar aqui, querida, nunca mais recebi uma carta sua, o que está acontecendo? choro e rezo de noite para que estejas bem, eu não continuei com a casa de merendas, não deu certo, tive que voltar pra casa antiga, a minha filha está u'a moça mais alta do que eu, ainda lhe tem ciúmes, não agüentei, entreguei-a ao pai, tenho esperança de que ainda me sentirei feliz, nem que seja por uns dias, quando for te visitar, tenho tua primeira camisa, tua primeira escova de dentes, tua primeira carta que você me escreveu, as primeiras velas do teu aniversário, você me pede desculpas por não ter vindo me visitar, sente até remorsos, não importa, você está moça e precisa de um ambiente alegre, só não me conformei em você ter viajado assim, sua mãe tinha me prometido que você não viajaria sem se despedir de mim, acreditei e comprei uma lembrança para você, minha chiquitinha, telefonei várias vezes, você não estava, sempre essa resposta, até chegar uma resposta certa, Viajaram, não resisti sem chorar, não culpo você minha querida, não você, mas o tanto que a quero.

Mundo da Lua

Caio no gramado e perco a virgindade à luz da lua, começo a namorar eu tenho treze anos à luz da lua mas o meu namorado acha que eu não sou virgem, eu achava que perder a virgindade era sair sangue mas nunca sai sangue quando ele penetra e para mim eu sou virgem, um dia ele me diz Você não é virgem eu digo Eu sou virgem ele fica calado vê o quanto eu vivo no mundo da lua e ficamos noivos, eu tenho treze anos eu não posso sorrir eu não posso falar nem posso usar saia curta mas dobro o cós da saia de pregas azul-marinho da escola e desdobro dobro desdobro não posso soltar os cabelos tranço os cabelos e destranço tranço destranço, ele me pede, não posso me meter em política mas leio escondido os livros à luz da lua escondo poesias na mochila giro a manivela do mimeógrafo imprimo panfletos distribuo escondida sorrio sorrio nem ler livros que ele não aprove eu leio russos ingleses escondida leio os dramas de teatro escondida fumo escondida no banheiro e masco chicletes de hortelã, ele pede para mim, não leia, sou virgem isso ainda não é sexo Mas é sexo ele diz, eu fumo, Sou virgem, dobro o cós da saia, não posso ir ao cinema desdobro vou ao cinema escondida falsifico carteira imprimo panfletos à luz da lua vou ao comício escondida fumo masco chiclete choro de gás escondida tranço destranço, estou sempre distraída e leio escondida poesias na mochila bato a cabeça nas portas nos postes no mundo da lua e leio enquanto caminho na rua tropeço lendo escondida no caminho da escola e caio esfolo os joelhos dobro a saia desdobro dobro desdobro o cós choro escondida subo no telhado tenho treze anos fumo cigarros sem filtro abro o botão da camisa para deixar entrever o sutiã fecho o botão abro fecho sorrio espreito a casa dele o carro dele suas saídas noturnas suas amiguinhas de doze anos leio os russos e virgem escrevo panfletos contra a ditadura leio ele pede eu não posso falar nem sorrir eu falo escondida poesia na mochila, à luz da lua eu mostro os seios, eu abro o sutiã infeliz eu sou duas, eu sorrio eu falo eu leio escondida tudo é para sempre, ninfa virgem ele pede que eu não leia mas eu leio poesia eu perco a inocência à luz da lua tudo é para sempre.

Unhas

Nasceram esta noite unhas nos meus dedos das mãos, tão compridas que parecem garras, ainda mais longas, para que servirão? meu corpo as criou noturnamente, todas as noites passo por alguma metamorfose, me transformo em algo que não sei o que é, acordo outra mas olho no espelho e vejo a mesma, apenas um pouco mais fria, mais triste, mais magoada, certa manhã acordei com vontade de nunca mais cortar os cabelos, pensando nos significados do corpo diante da alma, as unhas são ilusórias eu sei, assim como meus cabelos, talvez para cobrir meus pecados, nasci com eles, os pecados, repito todos os pecados de minha mãe e de meu pai e de meus avós e dos avós dos outros, amo os pecados, sempre lhes fui fiel, fiel ao demônio e à tentação, serão as unhas os meus pecados que se tornaram visíveis? serão um castigo? com elas eu poderia rasgar o meu pescoço, o meu peito, até surgir o âmago de meu corpo, um fogo líquido que parece sangue, vermelho mas corre em linhas roxas debaixo de minha pele, as unhas servirão para afastar os homens? porque eles estão sempre me cercando, esperando algo de mim ou de meu corpo combalido que os atrai com odores misteriosos e profundos os quais ninguém poderia descrever, mas os cães costumam pular nas minhas coxas e farejar meu púbis, por isso nunca tive cães, noutra manhã acordei e estava decidida ao silêncio, a nunca mais falar nenhuma palavra, nenhum som sairia de meus lábios nunca mais, nem a palavra sim nem a palavra não, eu era mais feliz quando não falava, falar me esvazia a alma, as unhas serão para agarrar o vazio, o passado, o sexo, o corpo despido, o eu perdido, as unhas são minhas mas parecem contra mim, algo que meu corpo criou para me destruir numa longínqua manhã, acordo e estou pronta para deixar minhas unhas penetrarem a carne, tiro a roupa e me vejo em uma nudez mais dolorosa que a nudez do corpo, meto as unhas nas coxas e espero a dor, mas estou entorpecida como se não passasse de uma ilusão, serão as unhas raízes que nascem do lado errado, eu tentando sair de mim mesma, ou apenas armas vulgares para eu mesma me escarificar?

Desencontros

Depois de muitas experiências na frente do espelho, esta saia com esta camisa, este vestido com este colar de contas, esta roupa plissada e sapato alto, batom ou não batom, cabelos presos, soltos, tiaras, diademas, flores de pano aqui ou ali, broche de abelha ou broche de besouro, sapatilhas confortáveis ou sandálias de salto, encontro afinal a roupa que me serve nesta noite, fico feliz com a escolha, me sinto bem, é uma roupa confortável, macia, feminina, mas quando toco a campainha, a porta se abre e o episódio real se descortina diante de meus olhos percebo, como se um raio caísse na minha cabeça, o quanto estou vestida diferente daquelas pessoas em suas roupas urbanas escuras, sedas finas, paletós pretos, chifons, saias curtas e vestidos justos, brilhos, o quanto somos diferentes, entro sem cumprimentar ninguém, fico em pé entre as pessoas sem saber o que fazer, conhecidos passam e me vêem, iniciam uma conversa que logo é interrompida pela visão de algum outro conhecido, pessoas desconhecidas sorriem para mim, falam comigo e logo se despedem e começam a falar com outros desconhecidos, todas aquelas pessoas estão tomadas do mesmo comportamento volúvel, iniciam uma conversa e logo sentem vontade de se despedir ao verem outra pessoa com quem iniciam outra conversa, sento numa poltrona perto da vidraça, atrás se descortina uma praia chuvosa, fico ali sentada um longo tempo olhando a chuva, um ou outro passante que corre para não se molhar, os carros, às vezes levanto os olhos e observo as mulheres, os homens, conversam e sorriem, bebem, comem, os garçons passam com bandejas acima dos meus cabelos e me ignoram, às vezes algum homem me olha, um desconhecido vem sentar ao lado e tenta conversar, mas respondo lacônica e ele acaba por se cansar de mim, não há ninguém dançando nesta festa, não há casais, é uma festa de conversas interrompidas, sinto vontade de dançar mas com quem? a chuva agora está forte e a praia totalmente deserta, raros são os carros que passam, devagar, a luz dos faróis traseiros deixando um rastro vermelho, admiro um longo tempo a chuva até que sou despertada pela mão de um homem, o garçom, todos foram embora, a sala está vazia.

Meus Livros

Existe em minha cabeça uma estranha geografia que se refere ao mundo em torno de mim, um mundo físico mas de significados infinitos, essa geografia surgiu do meu hábito de viver trancada com meus livros, esses livros dispostos numa serena ordem um ao lado do outro representam a minha mente como um mapa a um país, se fecho os olhos as prateleiras de livros se acendem dentro de minha cabeça como se minha cabeça fosse também um aposento forrado de estantes de livros em que cada um deles é uma porta para um mundo, todos são posicionados de acordo com um sistema lógico, se me recordo de um desses livros meu olhar vai diretamente ao lugar em que se encontra, raras vezes algum se perde mas quando acontece caio numa espécie de desespero, basta olhar à distância um deles para receber sua influência, uma secreta ligação, feito as ondas do mar em relação à lua, às vezes sinto um apelo irresistível como se um deles me chamasse e, seja quando for, levanto da cadeira, retiro o livro da estante e o folheio para ouvir o que tem a dizer, esses livros determinam meus sentimentos, meu entendimento do mundo, são o mapa de minha alma, cada um representa uma região, um lugar onde estive e onde ainda estou, há entre eles os meus preferidos, ficam separados numa das prateleiras, rabiscados desde a primeira página, onde se encontram palavras manuscritas, lembranças, idéias, pétalas secas, madeixas, preces, são meus livros, mas tenho sempre a sensação de que não me pertencem, sou dona deles mas apenas uma pequena e frágil conexão entre um e outro tempo, vivo trancada numa sala onde livros vivos sorriem, choram, zombam, ensinam, atraiçoam, respiram, livros que passam de papel para papel, às vezes sou tomada de uma tristeza por não saber o que lhes acontecerá depois da minha morte, mas sei que eles, como as pessoas, têm seu destino, alguns meu filho levará, outros, um neto, outros ainda serão vendidos num sebo, com meu nome, bilhetes, segredos, receitas, folhas de outono, gotas de café, que tornarão triste um leitor sensível, os demais deixarei de lembrança para amigos, mas todos existirão mais do que eu, uns existirão eternamente.

Meu Professor

A arte é tatear Deus com as mãos, diz meu professor enquanto desenhamos nossos mundos parecidos, sendo que o dele é infinitamente mais casto apesar de ser atravessado por uma rêverie sexual, de uma beleza absoluta, alquímico no sentido sagrado, vou para sua casa e ficamos com outros artistas nos desenhando mutuamente enquanto conversamos, cercados por seu atelier, um armário de vidro com frascos contendo líquidos para tudo, para você se tornar poeta, ser feliz, tornar-se invisível, voar acima dos telhados de noite, conquistar o amor de um homem, espelhos, aparelhos mágicos, óticos, pequenas lunetas e lentes para distorcer as imagens, potes de ervas, pozinhos, ungüentos, óleos sensuais, objetos lúdicos espalhados pelas mesinhas, mapas de mundos misteriosos nas paredes, de estrelas, florestas, um fichário onde ele anota os sintomas possíveis do corpo humano, os fenômenos mórbidos, internos, externos, a natureza e a história particular de cada morbidez, gengivas azuis, nariz gelado, dor de cabeça, tremor nos calcanhares, suor gelado na língua, visão em sépia, insônia intermitente, impulso incontrolável de morder, um artista forjado pela vontade de Deus, um dia despoja-se de tudo, seus livros discos roupas tintas telas pincéis e vai ser monge budista, mas não consegue se livrar de seu corpo e retorna ao mundanismo embora seja uma espécie de santo, adoravelmente honesto, de uma modéstia oriental, possível apenas a quem é absoluto, ele vem para a minha casa que está vazia, sem móveis, com seus alunos e fazemos meditação, de pernas cruzadas, na sala ocupada apenas pelas luzes da tarde, percebo o quanto é difícil controlar o corpo, dá vontade de espirrar, tossir, me mover, suspirar, respirar fundo, me espreguiçar mas fico imóvel tentando entregar a mente à pureza do não-pensamento, ele sempre acordado de noite perambula nos bares ausente pintando quadros no ritmo da imaginação, apenas a verdade da verdade, ah como amo esse meu professor, que sabedorias me ensina, o quanto faz parte de mim, tudo o que me diz tenho guardado, vou de barco à sua casa numa ilha e ele me leva a passear remando lentamente sob estrelas em silêncio.

Atrás do Espelho

Tenho dezenove anos, a vida inteira tenho dezenove anos, sempre tive e sempre terei, nunca deixarei de ser a que fui aos dezenove anos, infelizmente nunca serei o que querem que eu seja, sinto ânsia de me tornar mulher e ver um homem descobrir a mulher que sou, quando me desnudo no espelho tenho a necessidade absurda de uma presença masculina, preciso que alguém se apaixone por mim, para depois abandoná-lo, um perverso exercício de sedução, nas ruas deixo rastros de minha intimidade, um batom meio borrado, as faces coradas, os lábios soltos, os cabelos molhados de suor, despenteados, vejo se estampar em meu rosto o rosto que tenho depois do gozo, às vezes um homem passeando com seu cachorrinho percebe meu secreto rosto, que só aflora na maior intimidade, dos homens a quem me entreguei apenas um o conhece, há um espelho e eu o chamo para olharmos nosso rosto, tento transformar tudo em imagem e faço uma espécie de pintura da mulher que estou a construir, que se inicia na descoberta do mundo enquanto começa a descobrir em seu corpo sinais da morte, olho-me no espelho, vejo a adolescente de dezenove anos, às vezes não vejo pessoa alguma, quem se esconde atrás da imagem no espelho? talvez ninguém, meu pai dizia que existimos para fazer felizes uns aos outros, mas não somos felizes, a vida é a mais violenta das ações de Deus, as mortes são inúteis, há um vazio existencial em nós, uma ameaça de tédio, sinto a tentação de me livrar do tédio ainda que isso vá arruinar minha vida, quero provocar turbulência, não deixo de pressentir meus sentimentos em relação aos homens, sei que serei abandonada pelo meu homem que me deixará por uma mulher de dezenove anos, sei que ele me propôs a extinção da família mas o que poremos em seu lugar? sei que quando ele morrer descreverei de maneira minuciosa e cruel sua decadência física e intelectual, numa cerimônia de adeus, será o meu testemunho patético do fim de um amor, não terá importância essa minha vingança pueril, tenho sempre dezenove anos e nem todos os homens são mortais.

Faca

Bebo duas taças de vinho, ou mais, então adormeço, ainda nua, gosto de andar nua pela casa pelo jardim e de dormir nua, mas é um sono inquieto, atormentado pelo sentimento de angústia, havíamos discutido por um motivo qualquer, com certeza um motivo tolo do qual por isso mesmo não me recordo mas resta a sensação de alguém que escapa dum assalto na rua, não me lembro do que sonho nesse momento quando sinto algo frio em meu seio, acordo oprimida por um peso a me prender na cama e sob uma luz difusa que vem de algum lugar da rua através dos vidros da janela eu o vejo sentado sobre meus quadris, nu, ele empunha com as duas mãos uma faca cuja ponta está encostada no meu seio, imobilizada penso se posso levantar os olhos e mirar seu rosto mas decido mantê-los na faca, talvez eu possa dizer algo, tento relembrar o motivo da nossa discussão porém a minha cabeça está vazia nenhum pensamento me ocorre, começo a suar, a minha respiração se acelera, num gesto lento preciso e contínuo ele levanta as mãos com a faca, quero fechar os olhos mas percebo que fechar os olhos seria entregar-me, as mãos dele param no alto, sinto o suor escorrer na testa, uma gota entra no meu ouvido, ouço as pancadas do meu coração no silêncio do quarto, o nosso respirar, ele também sua, os pingos frios de seu suor caem no meu rosto, pouco a pouco levanto os olhos e vejo o seu pau, o seu ventre, o seu umbigo, o seu peito grisalho e forte, o seu rosto simiesco, os olhos carregados de ódio, a ruga de tensão entre as sobrancelhas, os cabelos revoltos, tudo como se fosse feito de pedra, tenho a sensação de que o tempo está parado, todos os ruídos desaparecem, nossos olhos não se desprendem, sinto num momento que a rigidez de seu corpo se desfaz e como se retornasse à consciência ele desce os braços, inspira uma quantidade de ar, sai de cima dos meus quadris, senta na beirada da cama, guarda a faca debaixo do travesseiro, deita e adormece, pouco tempo depois também volto a dormir.

Ciúmes

Ele é forte, quando terminamos de fazer sexo meu corpo está marcado por manchas roxas e quando aperta minha mão eu sinto os ossos como se fossem quebrar, Cuidado, cuidado meu amor, ele distende um pouco sua mão mas nunca me larga quando estamos juntos, com seu olhar suplicante ele me segura como se tivesse medo de que eu saia voando ou fuja com um desconhecido da rua ou entre por uma porta e desapareça, tem medo de eu me tornar uma ilusão, ele diz, Eu não sou capaz de esmagar uma formiga mas sou capaz de matar um homem se ele se aproximar de você, e acende um cigarro, na noite em que me tocou pela primeira vez era Ano-Novo e ele havia bebido algumas taças de vinho, ele que nunca bebera antes, à meia-noite me abraçou, um abraço profundo, sufocante, senti uma dor no peito e disse, Você quebrou a minha costela, ele ficou pálido, chorou, pediu perdão, eu disse Eu sei que você não fez por mal eu sei que você é uma flor, ele diz que apenas eu o entendo, apenas eu sei que ele é doce e inofensivo, as pessoas acham que ele é bruto mas ele é delicado, sim, como um casulo de seda, no dia do nosso casamento ele esmurrou um de seus irmãos por ciúmes, tenta controlar os olhares dos homens, desviar os olhares dos homens, afastar os desconhecidos nas ruas e se eu digo que não precisa sentir ciúmes de mim ele responde que a maneira como me aproximei dele pela primeira vez mostra o quanto é necessário ter ciúmes de mim, que a verdade já é um indício da mentira e aperta meus ossos como se fosse quebrá-los, por amor e eu digo Cuidado para não me quebrar, ele solta minha mão e amassa o chapéu, diz Perdão perdão vamos ter uma vida nova vamos fugir este lugar aqui não presta vamos ter uma casinha na montanha só nós dois, acende um cigarro, brinca com o canivete, beija-me e deixa meu corpo todo marcado de manchas roxas de seus dedos, acende um cigarro, acorda no meio da noite e sentado na cama numa vigília de ave de rapina ele tenta penetrar no meu mundo de sonhos, algumas vezes consegue e eu sonho com ele, no sonho ele me joga de um precipício, ou numa jaula me alimenta com carne crua e sangue.

Casa

Varro o quarto de casal, os quartos das crianças, o escritório, o corredor, quando estou varrendo a sala ele entra e diz Você não precisa varrer a casa, temos duas empregadas, mas eu preciso varrer a casa, todas as manhãs eu varro a casa e o quintal e às vezes não é suficiente e eu varro a calçada na frente da casa, mesmo depois de varrer continuo a ter a sensação de que uma areia entra pelas frestas, pela porta, pelas janelas e invade a casa, cobre os objetos, os lençóis das camas, penetra nos colchões, nas roupas, na pele, uma areia absoluta, eterna, entranhada nos alimentos, lavo as frutas com água e sabão, lavo as folhas de rúcula, corto tudo em pedaços pequenos e meto num pote tampado, é inútil, a areia está sempre ali, dentro da minha boca, atrás dos móveis, mudo os móveis de lugar, ele ouve o arrastar e entra na sala, impaciente diz, Você está mudando tudo de lugar de novo! eu preciso todos os dias de uma nova casa, Por que você não vai passear, olhar as vitrines, tomar um sorvete? Me deixa em paz, eu digo, e vou para o quarto, abro as portas do armário, retiro os cabides com roupas, tiro das gavetas os suéteres, as meias, os sutiãs, tiro do saco de flanela os chapéus, a bolsa dourada, o sapato de canutilhos, as camélias de organza, o diadema, as camisolas antigas, as bolsas, jogo tudo na cama, tiro a roupa do corpo e experimento os vestidos, as saias, faço novas combinações: esta blusa com aquela saia, este xale com este vestido, este tailleur com esta blusa, numa festa este vestido justo, estas botas para subir a montanha, algumas roupas, quase todas, não me servem mais, não que estejam apertadas ou velhas, apenas não se parecem mais comigo, meto-as dentro de um saco e arrasto o saco até o quarto de empregada, pela fresta da porta do escritório ele percebe o significado do movimento, todas as semanas dou as minhas roupas, mas desta vez ele não diz nada, está quase desistindo, eu não tenho mais nenhum cartão de crédito, talão de cheques, documento, joguei alguns no mar, outros no fogo e menti dizendo que fui roubada mas na verdade fui roubada, não sei bem de que, quero me desfazer de tudo, ter uma casa vazia, sem móveis, sem areia, sem roupas, me desfazer de mim mesma.

Porta Trancada

Enchi de livros o granito para dar um sentido às minhas demoras, para dissimular o que na verdade faço lá dentro quando me tranco de noite, para que meu marido não estranhe meu hábito, tenho a obsessão de fingir um comportamento normal desde quando estudei no colégio de freiras, é estranho uma mulher se trancar horas seguidas, abro o chuveiro e me olho, estudo as minhas feições, às vezes fico imóvel, às vezes choro da dor de ser eu mesma, finjo ser uma mulher com olhos claros, às vezes orno meu colo com o fio de pérolas que meu marido me deu quando fizemos dez anos de casados e me vejo numa festa, cercada de homens, dançando com um homem que me leva pela cintura, a saia de cetim roda, às vezes com luvas acaricio meu corpo e me desnudo como se um homem desconhecido me desnudasse ou lambo minha pele como se um homem o fizesse, estico minha pele e me transformo numa chinesa, faço um turbante, ponho a língua para fora da boca e a admiro em sua fugaz beleza carnal, em sua feiúra intestina, estendo a minha perna e me acaricio, pinto o rosto como o de uma prostituta e lavo o rosto, visto uma roupa íntima preta, aperto os seios para que saia leite mas não sai nenhum leite, às vezes me tranco e leio mesmo um livro, são livros pequenos sobre jardins ou macadames, noites e dias, às vezes levo um álbum de fotografias ou um maço de antigas cartas de amor para rasgar, rasgo as fotos em que me acho feia ou sorridente, rasgo poesias que escrevi, rasgo livros que li e onde anotei pensamentos, ali dentro para me destruir e me construir, uma página indefinida de um livro sem título, se eu pudesse ser uma dama bem-comportada que se vestisse bem quem sabe seria menos infeliz, mas elas também são infelizes, ou foram infelizes, ou serão, somente a morte nos livra da infelicidade, não quero morrer, não quero desistir, rasgo poesias de amor que me mandaram, as cartas de amor que ele me pediu para guardar em segredo, rasgo os cadernos de sonhos, os desenhos que fiz ao acaso, tudo em segredo, quem sabe eu poderia ser uma inglesa, no colo a máquina de escrever.

Ausência

Tenho a sensação de que ele se foi, partiu, cada dia partiu um pouco mais até se tornar invisível, abro o armário e vejo suas camisas tom sobre tom uma após outra numa espantosa ordem e perfume, arejadas, numa sobriedade ardorosa e vazias do corpo ao qual pertencem, nelas vejo a ausência, os cabides secos como esqueletos de gente morta, camisas iguais e diferentes em recordações e linhas, esticadas a ferro, repletas de apelos, sugerindo abraços, as calças, as pijamas, as meias, um perfume de mofo, abro o sapateiro e vejo seus sapatos escuros, escovados, engraxados, nunca amarrados com cadarços, todos são mocassins, subterfúgios, armadilhas, dissimulações, pousados como aves sobre ilhas, sapatos diurnos puros cegos plácidos sonhadores, com rugas, calvos, míopes e distraídos, sapatos como o rosto dele, vejo à cabeceira no relógio os números iluminados, o tempo obscuro, vejo no escritório os livros, busco a prova de que ele se foi talvez para sempre mas as estantes estão repletas de seus livros, a chave do carro no chaveiro, o casaco de couro no cabide, as gravatas enfileiradas na alça da porta uma ao lado da outra numa ordem serena, o aparelho de barbear, o pincel, o espelho sobre a pia, seu remédio para os olhos, seu calmante, o pote de canetas, as fotos dos filhos em molduras douradas, tudo continua a existir mas ele se foi, sua voz não mais se escuta, seu cheiro desapareceu, começo a me esquecer do seu rosto, ressoa o seu caminhar silencioso de noite pela casa quando eu ouvia o ruído delicado de seus ossos a estalar, apenas, ele caminha como um fantasma que vive em outro mundo e não me vê, eu o chamo e ele não ouve, nossos corpos se cruzam, se penetram e não se tocam, a cama está desarrumada, no lugar dele, o lado esquerdo, vazio, arrumo a cama para fingir, ou provar, que ele não dormiu ao meu lado esta noite como se quisesse ir além de nosso destino, nunca aprendemos a dormir abraçados na cama, é uma arte difícil como estar acordado junto ou como amar separado, faço uma salada de frutas, um café, preparo figos descascados, uma taça de vinho e acendo uma vela ao jantar, jantamos em silêncio, sem olhar um para o outro.

Casa Roubada

Aconteceu há alguns anos e até hoje me ressinto pois moro em hotéis baratos desde então, nos bairros do lado velho abandonado da cidade onde aos domingos deserto abriga apenas mendigos, prostitutas, bêbados ou gente como eu, mas antigamente eu tinha uma casa, parecia um sonho de tão bonita, branca, com um caramanchão na frente, longa casa de herança portuguesa, um quintal nos fundos, sótão e uma clarabóia que trazia ar e luz a dois quartos sem janelas, eu havia feito um piso verde e um jardim-de-inverno, claro eu não tinha móveis, apenas um colchão no quarto, livros em prateleiras de tijolos e tábuas que eu recolhia nas demolições, comia sentada no degrau da cozinha com o prato no colo olhando o jardim ou as estrelas ou o gato, era pobre e solitária mas sentia uma certa felicidade, uma relativa liberdade, trabalhava na fábrica de tecidos, voltava para casa quando já era tarde pois gostava de ficar ouvindo histórias, numa noite abri o portão, cansada, trazendo o jantar num saco de mercado, as luzes da sala estavam acesas e pelas cortinas vi sombras de pessoas, tentei abrir a porta mas haviam trocado a fechadura, dei alguns passos atrás para me certificar de que não estava numa casa errada, mas era a minha casa, e a minha rua, a minha buganvília florida, minha samambaia, minhas marias-sem-vergonha, eram os meus filodendros, a minha hera e o meu lixo num saco azul, a pá vermelha de jardinagem, não era possível aquilo, bati à porta, esperei algum tempo até que uma jovem a abriu e sorriu para mim, perguntou o que eu desejava, expliquei que morava ali e aquela casa era de minha propriedade, a moça chamou o pai, apareceu um homem, expliquei-lhe novamente que a casa era minha, havia comprado com meu suor, Não é mais, ele disse, e fechou a porta, mas antes pude perceber um olhar penalizado da moça, sentei no banco do jardim e chorei algum tempo, sem me ocorrer nada que eu pudesse fazer, sem entender como aquilo havia acontecido, eu precisava de um advogado, mas onde o encontraria? quanto teria de pagar? onde iria dormir até que tudo se esclarecesse? comi o iogurte e a maçã do saco, olhando as luzes na janela, especulando, especulando, até que adormeci.

Mulher a Caminho

Vivo só, perambulando entre os livros, nas calçadas da cidade, olhando os vestidos nas vitrines, olhando as pessoas desconhecidas, escrevendo com os pés na areia da praia, bebendo café, fumando sonhando acordada, nesta noite entro na livraria e folheio livros, pela primeira página sei o que será o livro, escolho um azul, compro-o e me dirijo ao café, nos fundos, sento, peço um chá de capim, abro o livro numa página qualquer, Vim em busca de amor, estava escrito, e em cada letra era fácil de ouvir o grito de socorro, mergulho na leitura tão longamente que se apaga o mundo em torno de mim mas sinto alguém me observando, um homem que me parece familiar, aborrecida com a intromissão volto à leitura, Não tenho afeto para dar, não cuidando sequer de lhe empurrar o bloco de volta, mas nem foi preciso, sua mão, com a avidez de um bico, se lançou sobre o grão amargo que eu, num desperdício, deixei escapar entre meus dedos, a porta do café já está sendo fechada quando entra um homem, senta, tira de um saco um livro e sinto o meu corpo esfriar, reconheço meu livro, ele o abre sobre a mesa e inicia uma leitura demorada, que me sufoca, meus livros são difíceis de ler, é como se alguém precisasse primeiro subir uma montanha para depois olhar a paisagem, eu o observo trêmula naquela mesa à sombra, quem sabe eu não poderia falar com ele, Olá, sou a escritora deste livro, ou, Com licença, pare de ler este livro e olhe para mim, ou, Boa noite não me deixe só, quem sabe eu poderia escrever num guardanapo Vim em busca de amor e deixar o guardanapo sobre sua mesa ao sair do café, o leitor ergue os olhos em minha direção mas não me vê, termino o chá, pago a conta, só me resta ir embora, eu poderia derrubar a cadeira para chamar sua atenção, poderia deixar cair o livro azul aos seus pés, escorregar, tropeçar, tossir, tirar a blusa, desmaiar, qualquer coisa, paro diante da porta e me volto, ele permanece com a cabeça baixa sobre o livro, ao fundo o homem que me pareceu familiar, talvez algum escritor, sim é um escritor de quem não me recordo o nome, me olha penalizado, abro a porta e saio do café como uma sonâmbula.

Violino

Sinto os lábios dele na minha pele, apenas imaginação, o cheiro de café com leite, seus lábios gelados, a catedral que ele me mostrou, sua mulher, Ela é uma desconhecida para mim, ele diz, e dá mais um gole de cerveja, parece tão necessitado de amor, as flores que me deu no camarim depois do concerto eram orquídeas embrulhadas em celofane, seu bafo velho de genebra, jantar à luz de velas, ele abandonou a música depois de um acidente que lhe deixou dois dedos imóveis, a mão se move e aqueles dedos paralisados, Qual era teu instrumento? pergunto, ele faz uma pausa, acaricia minha mão, beija minha mão, Violino, diz, na guerra, era filho de um padeiro e o pai o escondia no forno durante os bombardeios, a mulher dele é cantora de ópera, plumas de pavão, tule, tafetá espelhante, Adoro as orientais, cheiram a aloé, canela, eu a amo, creio, mas somos dois estranhos, quero gozar o presente, o passado há de esquecer-me, uma tragada no charuto, um gole de vinho, ele subiu as escadas de dois em dois degraus com ramos de flores nos braços, As flores são os órgãos reprodutores das plantas, ele diz, ofegante, neste sótão luxuoso tudo é tão branco, o corpo dele branco, os cabelos dele brancos, Em que você está pensando? parece tão distante, Estou vagando entre as esferas, A música é grandiosa porque é abstrata, dedos paralisados, Eu não sei a que atribuir a tristeza que me aflige, diz, Nem eu sei, digo, dançamos na pequena igreja vazia, rimos, uma viagem de trem, Você é a minha nau dos insensatos, Vinho para velhos fortes, licor para mulheres delicadas que querem ficar de porre, ele diz, ele veio de madrugada ao quarto de hóspedes, de dois em dois degraus, a mulher cantora de ópera, uma estranha, uma macieira sem flores, duas bicicletas, e pede que eu toque para ele, fico embaraçada, sinto vontade de olhar seus dedos inúteis mas não olho, ele passa os dedos nas bordas aveludadas da caixa, abre-a, crava os olhos no instrumento, aspira o cheiro de madeira, pega-o e o dá para mim, posiciono o violino e tiro umas tristes notas da imolação de Brunhilde.

Rosa-dos-Ventos

De relance vejo uma mulher sentar ao meu lado, ela me olha e sorri, volto à leitura do livro, quando estou me esquecendo de sua presença ela tira da bolsa uma maçã e a oferece, agradeço, tira então um chocolate, eu digo não, volto ao livro, ela se levanta, pára à minha frente, põe a mão no peito e diz seu nome, senta ao meu lado, é uma mulher quase pobre, ao menos a mais pobre que há neste lugar, cheira a alfazema, ela faz o gesto de quem costura com uma agulha na mão, mostra a roupa do corpo: uma blusa que lhe cobre os quadris, uma calça justa, vira a bainha da blusa para mostrar o avesso, uma costura feita à mão em ziguezague, simétrica, tira da bolsa uma foto e a mostra para mim: um homem negro diante de uma cerca de paus em uma paisagem ressecada que lembra a África e atrás de tudo um céu esmaecido onde voa um pássaro, ela tira a foto de minha mão, olha-a tristemente, há por trás da sua ingenuidade romântica um laivo de sensualidade, que não está na boca, seus lábios finos transmitem uma certa frieza, os olhos são dotados de uma memória viva e amigável, os seios grandes não lhe trazem feminilidade, as pernas finas parecem um pouco másculas, a sensualidade dela está na sua ânsia de conhecer o outro, no desejo que sente pelo mundo, na maneira como seus olhos se cravam no que vêem, sua pele é clara, as unhas pintadas de rosa, não usa nenhuma jóia, nem aliança de casada, ela fica ruborizada como se sentisse o teor de minha investigação, enxuga uma lágrima imaginária, guarda a foto, tira da bolsa um cartão, um lápis, um estojo redondo, de pó-de-arroz, usando o estojo desenha no cartão um círculo, tira da bolsa um vidro com agulhas e linhas, com gestos hábeis, compenetrada, borda no cartão uma espécie de teia vermelha, desigual, dando pontos aleatórios, depois com linha preta borda um círculo dando pontos ora de um lado ora de outro, sem nenhum sentido, dá um nó na linha, guarda o material de trabalho e, num gesto teatral, como um mágico tirando uma flor do punho ela desvira o cartão com o estranho bordado: admirada, vejo no avesso uma perfeita rosa-dos-ventos.

Cidade

A cidade me chama pela janela, vejo lá embaixo as pessoas caminhando, me parecem tristes, vão nas calçadas molhadas, na cidade me esperam armadilhas, uma cidade ao relento e consumida em sua violência, vândalos, vendedores, mendigos, aposentados, policiais, empregadas domésticas, sinais vermelhos, balas perdidas, assaltos, tudo o que leio nos jornais me espera lá embaixo, e mais as atrações das vitrines, corpos que eu gostaria de ser, perfeitos, jovens, bem vestidos, penteados, um sonho de liberdade: milhões de pessoas se ignoram e passam indiferentes, Pode ser quem você é eu não me importo, Pinte o seu cabelo de verde eu não estou nem aí, Seja miserável e morra na rua não é comigo, mas todos somos o mesmo ser e sentimos isso, iludimos a nós mesmos fingindo que não nos conhecemos, saio de casa e me misturo às pessoas, sou cada uma delas, reconheço em mim os seus rostos, leio seus pensamentos, seus olhos perdidos em labirintos interiores, caminham feito autômatos, procuram se livrar de seus infernos, aquele sem dinheiro, aquela abandonada pelo marido, aquele outro não consegue parar de fumar, aquela tem um filho esquizofrênico, aquele é filho de um ladrão, coitados de nós, mas cada um tem seu rosto, ali está na esquina o monstro barrigudo de olheiras pretas que deita nas sarjetas, um dia vi a seu lado uma senhora distinta, numa atitude afetuosa mas envergonhada que denunciava ser ela a mãe do monstro, está na esquina o mesmo vendedor de frutas velhas compradas nas xepas de feira, está na porta da loja de tecidos o mesmo árabe, vejo o mesmo jornaleiro, a mesma vendedora de flores, na praça o mesmo apontador de jogo do bicho, saio na cidade para não me sentir só mas a solidão aumenta, não há ninguém igual a mim, nem mesmo o olhar amoroso de um homem desconhecido me tira a solidão, só a pacifico quando leio um livro, então quero voltar para minha casa, meus livros, a cidade existe para ninguém se sentir só mas me sinto só na cidade, cruzo nas ruas com gente a quem me afeiçoei mas se os vejo assim tão perto os odeio, eles me massacram com sua feiúra, suas roupas equivocadas, seus olhos vazios, sua juventude, sua infelicidade, seu olhar crítico ou sua indiferença.

Monstro

Tenho tanto medo do monstro da esquina, sei que ele não me fará nenhum mal mas tenho medo, quando o vejo fico pálida, suo e meu coração se acelera, arranjo uma maneira de mudar de calçada sem que ele perceba minha rejeição, ou retorno fingindo que esqueci algo em casa, ou entro no banco mais próximo, nem mesmo a proximidade de um guarda armado me deixa mais segura, observo o monstro de trás de vidros, ou escondida atrás de uma árvore, ou à distância, ele jamais me olhou mas tenho certeza de que intui a minha aproximação pois fica inquieto feito um animal que vai ser caçado, farejando o ar, anda dentro de um quadrado invisível, esbarra numa parede imaginária e retorna, uma cela de cadeia invisível, apesar de seus olhos inexpressivos ele parece bem integrado com o pessoal da esquina, o jornaleiro da banca, o vendedor de guarda-chuva, o empalhador de cadeira, o português do botequim, os bêbados, o guarda de trânsito, integrado com a paisagem das esquinas da cidade mesmo não sendo sujo nem abandonado, passei a ter medo do monstro quando descobri que ele tem mãe, vi sua mãe, ela usava um colar de pedras, sapatos altos, roupas finas, estava ali na rua dando um pouco de atenção ao filho, tinha uma dor profunda no olhar, deu um suspiro melancólico que trazia à memória lágrimas escondidas, são tão diferentes um do outro, ele parece até mais velho do que ela, castigado pela insanidade, pelo relento a que se entrega, pelo excesso de fumo, talvez tenha sido um menino comum, de olhos vivazes e um indiscernível traço de loucura, tenha mamado nos seios sob os olhos atentos da mãe, que nada percebia mas talvez houvesse uma sombra na expressão de seus olhos, uma intuição, que mãe pode não saber o que vai no íntimo de seu filho? ele não dorme na rua, recolhe-se ao anoitecer, ou é recolhido pela mãe, que lhe dá comida, banho, roupas limpas, uma capa de chuva, sapatos e maços de cigarro, talvez assistam à televisão de mãos dadas, ou cada um em seu quarto, com seus sonhos opostos, suas tristezas, com o que deve sonhar o monstro? talvez não possa sonhar, ou talvez não possa sair do mundo dos sonhos.

Sagrada Família

Vou ao seu encontro, ansiosa, escolhendo as palavras que deverei dizer, a decisão já tomada mas a mente ainda cheia de dúvidas, tenho na mão um pedaço de folha de caderno onde ele anotou o endereço, caminho na rua em declive, procuro o número indicado, subo e desço a rua, até que percebo algo inesperado, o endereço que ele me deu é o de uma igreja, está localizada no lado ímpar entre as casas de números acima e abaixo do que procuro, perturbada aguardo no pátio atenta à aproximação de qualquer pessoa, mas ninguém aparece, nenhum mendigo, nem mesmo um cachorro vadio, nem um inseto perturba a paz daquele adro, as casas estão fechadas, tudo em silêncio, a cidade parece abandonada, pensando que talvez ele tenha chegado antes decido entrar na igreja, a porta está apenas encostada, acima está escrito *Templo expiatório da Sagrada Família*, empurro-a e ela se abre rangendo, a igreja é alta e ampla por dentro, naves se entrecruzam em torno do altar principal como um largo labirinto, ladeado por grades que lembram jaulas nas quais os prisioneiros, posso ver apesar da escuridão, são estátuas de santos, talvez sejam tão valiosas que tenham de estar trancadas, sinto medo deste lugar, terei me enganado de endereço? confiro o papel, guardo-o dentro da blusa, no seio, em seguida, arrependida de ter feito um gesto tão irracional, retiro-o, amasso-o e o jogo dentro de uma das gaiolas, saio a caminhar, quem sabe ele esteja também me procurando, preciso ficar visível para que ele me encontre, busco um lugar iluminado e encontro uma mesa coberta de velas acesas, acendo um cigarro na chama de uma vela, cansada sento-me num banco, fumo o cigarro, abro a bolsa em busca de um espelho para ver meu rosto, retocar o batom, no forro negro um luzir me chama a atenção, quando tiro o objeto nacarado percebo que é um terço de pérolas, quem o teria posto ali? vasculho o fundo da bolsa, tão ampla em seu interior quanto a igreja, puxo o forro de tafetá preto, mas é um véu de renda, com a sensação de que estou fazendo algo levada por uma força exterior cubro a cabeça com o véu, ajoelho e rezo.

Amor Vicário

Quando meu marido está em casa eu finjo que não me importa a presença do outro homem, meu marido é atento, controla até minha sombra, jamais o traí fisicamente, minhas traições são mentais, sei que essas são também indeléveis, ainda que nunca lhe sejam reveladas ele as sente, fica trêmulo, pensativo, tropeça, bate a cabeça no poste, as traições físicas são discretas e impressentíveis, embora deixem vestígios, pedaços de unhas perfumes e odores um guarda-chuva esquecido marca de batom no copo, nas noites em que ficamos a sós, o homem e eu, em casa, sento um pouco à distância dele e aspiro a fumaça de seu cachimbo, ofereço uma bebida, uísque, vinho, ele agradece, continua a ler seu livro, eu a ler o meu, mas sem tirar meu pensamento da sala, às vezes abaixo o livro e faço uma pergunta qualquer, ele responde com amabilidade, faz duas ou três perguntas, conta uma história, ou lê em voz alta alguma poesia do livro, ou uma fábula, um pensamento, que julga adequados, algumas vezes jogamos xadrez, ele joga distraído mas deixo-o vencer a partida para que não se sinta entediado, contamos um pouco de nossas vidas um ao outro, travamos momentos de um silêncio embaraçoso, olho as mãos dele, as mãos de um homem sempre têm algo do formato de seu pênis, depois nos despedimos e vamos cada um para um quarto, não consigo adormecer nessas noites e ouço meu marido entrar em casa, ele chega às vezes alegre, ruidoso, às vezes cansado e triste, a geladeira se abre e fecha, as portas batem, ouço talheres, seus passos subindo a escada, ele entra em nosso quarto, veste a pijama e deita, então é como se minha alma saísse de mim e se transportasse para o quarto contíguo, dali ouço minhas próprias risadas, gemidos, a cama que range, meu marido uiva como um lobo, ouço a água na torneira e depois o silêncio da noite, volto ao meu corpo, meu marido adormece e eu fico acordada, levanto e ando pela casa, abro a porta do quarto do homem, entro, ele dorme num sofá-cama, o corpo parcialmente coberto por uma manta de lã azul, admiro-o à luz de um pequeno abajur que esqueceu aceso, os tufos cinzentos do peito, os óculos na mesa de cabeceira, o livro e o marcador, vou tecendo aqui e ali os laços que o prenderão.

Amplidão

Ouço um trovão, um pouco dormindo um pouco acordada visto o robe de chambre e saio do quarto sem acender a luz, não é preciso, a noite risca as paredes com as sombras da persiana e posso ver tudo o que não vejo com as luzes acesas, as almas que pairam, os seres de outros mundos, as sombras moventes, os pensamentos que fogem, os pássaros noturnos, as jaulas etéreas, as portas abertas, as pessoas da minha família dormem, vago pelos quartos olhando-as indefesas na cama, as pessoas são inocentes quando dormem, um relâmpago as ilumina por um segundo, torna seus espíritos quase visíveis, os corpos adormecidos são a expressão das almas, têm os lábios entreabertos e as pálpebras se movem fechadas, seus corpos pálidos frios e inertes flutuam, respiram fazendo ruídos e murmuram atormentadas pelos sonhos, nelas se vê o segredo, todos na minha casa deixam livros abertos na cabeceira ou no chão ao lado da cama ao adormecerem, é isso o que nos une, a janela de vidro e grades me dá uma sensação de estar presa, vejo as nuvens no céu, a lua cheia, as estrelas, o vento canta, tudo me chama para fora, procuro a amplidão, abro a porta da sala, subo as escadas até o último andar do edifício, o alçapão que dá no telhado está fechado com um cadeado mas eu o empurro e ele se abre sem nenhum estalo, ando no telhado entre um emaranhado de antenas, fios, canos, pássaros adormecidos, com cuidado para não pisar nas clarabóias de vidro, o telhado é um estágio intermediário entre a terra e o céu assim como os esgotos nos separam do inferno, do beiral do edifício avisto a cidade a meus pés, acendo um cigarro, fumo, o mundo jaz adormecido, o luar ilumina a lagoa, a silhueta da floresta, lâmpadas clareiam as janelas mas é tudo uma ilusão porque o mundo é noturno e nada se vê com os olhos mas com a mente, os edifícios são ruínas e as pessoas não passam de fantoches movidos por demônios, um raio corta o céu, vem um cheiro de barro e folhas molhadas, caem gotas de chuva, estendo as mãos para nelas sentir o mistério dessa água bíblica, nuvens escondem a lua, cai uma chuva tão forte que faz barulho nas telhas, tiro a roupa e me deixo banhar pela chuva.

Corpo e Alma

Nunca estou no lugar onde aparento estar, como se meu corpo e minha mente fossem seres dissímiles, sem nenhuma afinidade íntima, meu corpo é manso e persistente mas minha alma vive fugindo pelas janelas, pelos silêncios, pelos espelhos, pela contemplação calma de uma nuvem, pelo som de alguma música abstrata, pelas letras na página de um livro, às vezes meu corpo se rebela e tenta dominar a alma pois tem desejos inadiáveis como a fome, a sede, o sono, o sexo que escravizam mas podem ser saciados ao contrário dos desejos da mente, um pedaço de pão, um copo d'água, um descanso de poucas horas ou uma cópula de alguns minutos e o corpo está pacificado, mas os desejos da mente são fluidos, incompreensíveis, insaciáveis talvez por causa de sua mobilidade, meu corpo todavia é escravo da mente pois representa seus dramas secretos, ainda que em silêncio, sempre que posso fujo de meu corpo, fujo de alguém que se aproxima, fujo de todos mas especialmente de mim, sou eu quem mais me devassa, quem me faz as perguntas irrespondíveis, o terceiro ser que há em mim e me oprime é o Outro, dele escondo-me atrás de óculos negros ou de chapéus de abas largas, pinto o rosto ou uso uma máscara severa, tenho medo dele, sinto como se quisesse me ferir com suas unhas ou morder meu pescoço com seus dentes pontiagudos, só não me atemoriza se ele olha à distância sem demonstrar nenhuma intenção de se aproximar, um olhar amoroso, se o Outro tenta se aproximar de mim apenas consegue que eu fuja, é preciso uma certa astúcia para me domesticar, como vir em minha direção passo a passo caminhando de costas ou estender a mão com um punhado de açúcar, uma barra de chocolate ou cantar uma música sem palavras baixinho cada vez mais baixinho de forma que eu chegue cada vez mais perto para ouvir a nota seguinte, e com leveza enlaçar minha cintura e me levar numa dança a princípio lenta, mas depois rodopiando vai me deixar tonta de tal maneira que eu perca os sentidos e ele possa me beijar e assim dominar meu corpo, mas logo em seguida eu terei fugido e estarei em outro lugar e ele não saberá onde.

Baile Negro

Nesta noite, meu marido está viajando, me tranco no quarto, abro o armário e visto o vestido de baile, comprei-o porque alguém me dissera que eu seria convidada, embora suspeitasse que acabaria usando o meu tailleur preto de sempre com o colarzinho de pérolas, o vestido que comprei para o baile é também preto, tem um corpete de veludo sem alças nem mangas, justo no corpo, reforçado por barbatanas internas desenha o meu busto, na cintura há uma faixa de seda que desliza pela saia como a suntuosa pele de uma serpente nacarada, a saia marca os quadris mas por cima espessas camadas de musselina transparente envolvem as curvas diluindo-as na sutileza da escuridão, no mistério, é um belíssimo vestido e me faz ficar feminina, ouvi dizer que o baile foi cancelado, isso explica por que não recebi o convite, calço os sapatos, pinto os lábios, prendo os cabelos, na verdade não me disseram que eu seria convidada, eu *supus* que seria e comprei o vestido, não queria deixar para o último momento, como sempre, e se não encontrasse o vestido adequado? e se eu voltasse à loja após receber o convite e o vestido tivesse sido vendido a outra mulher? perfumo o colo, calço as luvas e diante do espelho fico me olhando, sorrio para mim, apaixonada por aquela imagem artificial e glamurosa que na verdade não sou eu, num amor ilusório com os homens do baile pois nenhum deles teria tempo para me olhar assim imóvel no vestido de baile negro madrugada adentro, para dizer a verdade o baile não foi cancelado, está ocorrendo e se fecho os olhos posso ouvir distante a melodia soando, as risadas, o tilintar das taças e dos talheres, se eu estivesse no baile haveria tantas mulheres e nenhum homem me olharia, nem eu mesma poderia me olhar, é melhor assim, um baile solitário em que danço comigo mesma no salão iluminado por velas, entre seres imaginários, bebo vinho, fecho os olhos, sonho, quando o sol nascer nada disso restará, rio de mim mesma, suada tiro o vestido, os sapatos, adormeço, na manhã seguinte meu marido entra com a mala no quarto, vê na cama o vestido, os sapatos no chão, as meias de seda pelo avesso, minha boca borrada de batom, intrigado pergunta se estive em alguma festa.

Vaga Impressão

Nunca me lembro de nenhum sonho meu, isso é terrível, é como viver sem passado, sem memória, num mundo onde sempre é dia, como viver prisioneira do lado de fora, às vezes estou subindo uma escada caracol ou encontro dois homens de terno preto e chapéu se cumprimentando na rua ou vejo alguém com uma faca descascar uma fruta ou entro numa igreja vazia e tenho a vaga impressão de que sonhei com essas cenas, como se as tivesse vivido anteriormente, mas é apenas uma sensação, nada prova que eu as tenha sonhado antes de tê-las visto, às vezes abro um livro e não entendo nenhuma daquelas palavras escritas em um alfabeto que desconheço, mas sei que ali há algo escrito e que uma parte muito funda de minha mente o pode ler, é assim que me sinto quando acordo de manhã, tenho o sentimento do sonho mas não sua lembrança, como se fosse uma condenação, uma pena sisifiana a ser cumprida, nesta noite acordo sobressaltada, levanto da cama num pulo, estou sozinha em casa, tenho certeza disso, todos estão viajando, eu mesma os levei ao aeroporto, mas há alguém em minha casa, sinto sua presença, não sei quem é, subo na cama, pulo para o alto do armário onde ficam as roupas fora de uso, os objetos que precisam de conserto, chaves esquecidas por visitantes, meu vestido de noiva mofado, as pastas com meus trabalhos escolares em papéis amarelados, abro a caixa de luvas, pego um pequeno revólver que foi de meu pai, quando o ameaçaram de morte comprou o revólver não para si mas para minha mãe que devia sempre ao sair de casa, sozinha ou acompanhada, tê-lo à mão, papai dizia que revólver é arma de mulher, mata delicadamente, um bonito revólver de cabo em madrepérola, num estojo de veludo, parecendo antes uma jóia de família, ando pela casa, olho atrás das portas, debaixo das camas, dentro dos armários, terei eu sonhado que havia alguém em minha casa? claro, foi apenas a impressão de um sonho, ainda sinto a presença de seres oníricos, volto para o quarto, guardo o revólver, fecho os olhos e tento lembrar de algum sonho.

Avó

Minha avó ficou cega aos cem anos, mas não teve importância, ela não precisava mais de seus olhos, pouco se movia, da cama para a rede, da rede para o quintal entre as árvores, pisando nas frutas, sem aceitar o braço de uma das moças que vivem por ali, passava o tempo todo acordada, cochilava na cama ou na cadeira de ferro que ficava debaixo da árvore, às vezes restava ali de madrugada como se não soubesse mais distinguir a noite do dia, a cada duas ou três horas tateava a mesa-de-cabeceira em busca da tesourinha, tirava um cigarro do maço, cortava-o pela metade e o acendia com um pequeno isqueiro daqueles antigos com tampa, que funcionam mesmo nas ventanias, fumava seu cigarro pitando, saboreando em silêncio, às vezes rindo de algum pensamento misterioso, decerto alguma lembrança do velho, dos filhos crianças, de algum amor, ou uma receita de culinária que jamais revelou, seus dedos amarelos de nicotina tremiam, levantava-se sozinha da cadeira, sua pele era lisa, rosada, seus cabelos pintados de preto, as raízes brancas, em seu rosto havia sempre um sorriso secreto como se ela tivesse compreendido o mundo afinal, e o mundo fosse uma comédia, apesar de sua quietude qualquer um podia nela perceber essa compreensão profunda em seus olhos apertados que um dia foram abertos e luminosos, ela ouvia as notícias de nascimentos, batizados, casamentos, mortes, funerais e nada dizia, apenas sorria, nem sabia mais os nossos nomes, tantos éramos os seus descendentes, mas o que importam nomes? ela parecia nos conhecer mais do que nós mesmos, saber nosso futuro, dava a impressão de que jamais iria morrer, perene como uma índia velha em algum livro de magia, um personagem de Borges, ou o próprio Borges num mundo de vultos nos quais ela devia enxergar luares sanfonas roletas de cassino paisagens sertanejas pessoas ressuscitadas querubins Deus, rebeliões políticas, tiros, açudes, um dia fui levar-lhe o prato de ágata no qual ela gostava de comer, entrei devagar, moro numa cidade distante e não tínhamos nenhuma intimidade, na verdade mal nos conhecíamos, e ela disse Deus te faça feliz, mas eu me escondi dela, com medo.

Mulher Cega

O marido anuncia que vai vender entradas para que os homens da cidade assistam, os homens fazem fila à porta da casa, pagam o ingresso, enquanto as vizinhas olham pelas frestas das janelas eles entram um a um, se põem nos cantos da sala e esperam, observando os móveis modestos repletos de lembranças, o tapete gasto, as miniaturas na cristaleira, as cadeiras de palha, quando ela entra eles suspiram, Há alguém aí? ela pergunta, Sou eu, diz o marido enquanto conta o dinheiro, umedecendo a ponta do dedo com a língua, ela caminha até a cozinha, abre a geladeira e seu corpo ilumina-se de uma branca nudez sob a transparência da camisola, ela enche um copo com água, encosta-se na pia e bebe gole por gole assistida pelos homens silenciosos e atentos, depois sobe a escada, eles a seguem sentindo-se fantasmas porém é ela a irrealidade, em seu mundo impenetrável tateando o ar, as paredes, o corrimão, entra no quarto e abre a janela, respira a brisa da noite e fica diante da janela como se pudesse ver a paisagem de luzes das casas vizinhas, o colar branco formado pelas lâmpadas dos postes, o vermelho de um ou outro carro se afastando, acaricia a cortina, as paredes, senta ao toucador e diante do espelho sussurra palavras incompreensíveis, mágicas, um dos homens tenta se aproximar para ouvir porém a assusta, ela levanta e percorre com as mãos o espaço vazio do quarto obrigando os assistentes a se agacharem à passagem de seus dedos, volta a sentar diante do espelho, escova os cabelos de cima para baixo e de baixo para cima, borrifa um perfume de rosas em seu colo, dirige-se à cama, tira as chinelas e deita, toma em suas mãos um livro de capa negra e lê em voz alta, mas logo os homens percebem que ela recita as passagens de cor, então ela reza num terço de contas de pérolas, derrama grossas lágrimas, seca o rosto no travesseiro e permanece imóvel, de olhos abertos, parece morta, até que eles percebem que está adormecida com o livro sobre o peito, os homens se entreolham, saem do quarto, descem a escada, vestem suas capas, seus chapéus e vão embora pela rua deserta, em silêncio, sob a chuva.

Mulher Perfeita

Não fique triste querido, eu digo, e sorrio, fazemos o resto do caminho calados, ele aponta a casa sem olhar para mim, paro o carro em frente, ele me beija, Vai esperar aqui? digo que não sei, ele entra na casa sem olhar para trás, na janela vejo uma sombra se movendo, olho meus olhos no espelho do carro, tiro da bolsa a garrafinha de uísque e dou um gole, retoco o batom, o tempo demora a passar, quando ele volta parece calmo, Você esqueceu o chapéu, digo, ele não responde, entra no carro e seguimos para casa em silêncio, ele entra, arranca a gravata, desabotoa a camisa e desafivela o cinto, Como ela era? pergunto, Uma dançarina de café-concerto, feita para as amizades simples, Bonita? A beleza de mulheres do coro, e ele me conta tudo enquanto me ama, Quero que você vá para a cama com o Pablo, ele diz quando termina, abre a janela e respira o ar gelado, acende um cigarro Você vai voltar lá? pergunto, Não, no domingo seguinte porém ele acorda com o mesmo ar sombrio e os olhos perdidos, pára na frente da janela e fica olhando a rua, não é preciso dizer nada, abro o armário visto uma saia e uma blusa passo batom amarro um lenço nos cabelos acendo um cigarro e digo Estou pronta, ele me olha fingindo surpresa, veste o paletó e me segue, paramos na frente de uma casa e ele pousa a mão em minha coxa Não quer vir comigo? Não, dessa vez é a mulher quem abre a porta, tem uma opulência camponesa, não vejo seu rosto mas imagino-o: lábios grossos olhos turquescos, parece uma daquelas negras que Pablo gosta de pintar, ela estende a mão ele aperta a mão dela e entram, fico olhando uma das janelas do andar de cima, dessa vez ele demora mais do que nunca, não suporto esperar tanto, deixo a chave no banco do carro, saio caminhando pela cidade, rua após rua, sem rumo, chego em casa à noite, ele me espera sentado no sofá, com um copo na mão, bêbado, digo que não quero saber de nada, que vi a mulher, ele tira a gravata, arranca minha blusa, encosta sua boca em meu ouvido e diz Você tem de saber e me conta enquanto faz sexo comigo, no final pergunta se estive com o Pablo, digo que apenas tomei um café e entrei numa igreja.

Escondida

Ele manda que eu me esconda quando vamos viajar, com um livro aberto encostado ao rosto caminho guiada por sua mão, sinto que todos olham essa mulher patética que tenta se esconder com um singelo livro, olhos maliciosos que lêem meus pensamentos, fico rubra, sempre que estou com ele tenho essa sensação de que todos me olham e descobrem o que há entre nós, os nossos segredos, a maneira como fazemos amor, as imperfeições de meu corpo, ele me leva pela mão a descer os degraus e me guia pelo corredor, abre a porta, acaricia-me os cabelos, beija-me a mão e me faz sentar, pede que eu o espere, sai, apenas encosta a porta, lágrimas escorrem em meu rosto molhando o livro no colo, no escuro espero a partida para algum lugar, depois de um longo tempo percebo que há uma cortina, puxo a argola e a cortina sobe deixando à vista uma janela de vidro que me distancia da imagem do mundo de fora, ele aparece de braços com uma mulher de cabelos longos e lábios pintados de vermelho, ela reclama de algo mas com uma expressão de ironia, como se o acusasse e ele se defendesse com mentiras, ela acende um cigarro, dá apenas uma tragada e o joga no chão, pisa com a ponta do sapato esmagando-o, ele beija a face dela, não por carinho mas para demonstrar que está se despedindo, aponta o relógio no pulso, beija-a agora com afeto, num instante me distraio, quando torno a olhar para fora a mulher desapareceu, mas surgiu ao lado dele uma senhora vestida de negro e coberta por um chapéu negro e véu negro, luvas negras, é a mãe dele, ela chora, ele tenta enxugar suas lágrimas com um lenço mas são tantas as lágrimas que fazem uma poça no chão, ele beija-lhe as mãos, ela o abençoa e sai levada por uma menina magra e branca tão parecida com um anjo que dá a impressão de ter asas e flutuar, vem uma jovem puxando uma cadelinha pela coleira, ele me vê e faz sinal para que eu feche a cortina, a mulher o abraça e beija, tenta abrir os botões da camisa dele mas ele fecha os botões, ela abre a própria blusa, desabotoa o sutiã, embaraçado ele tenta cobrir o corpo dela com seu paletó, ela se joga aos pés dele e suplica algo, não posso compreender nem ver mais nada pois estou de partida, vejo-o pela última vez.

Profecia

Não sei por que estou neste lugar, com um homem, ele é atraente, confiável, delicado e me ama mas não estamos aqui para atender a desejos de nossos corpos, nem apenas para ficarmos a sós um com o outro, o que nos trouxe a este lugar deserto na margem oposta do lago, onde há um campo seco, flores silvestres e uma ermida, quase milagres de beleza, uma queimada ao longe, o que nos trouxe aqui não foi a sedução física, o desejo sexual, há sexo entre nós embora nunca tenhamos tirado nossas roupas, o meu corpo ainda é virgem embora algo me tenha penetrado sem que eu soubesse bem o que era, como se eu buscasse algo e ali houvesse um caminho, não sei nada sobre mim mesma e nem o que espero da vida e nem o que vim fazer no mundo, apenas danço, desenho e escrevo como se tentasse desvendar o mistério, sei que há um enigma, um segredo que escondem de mim, nas flores que eu rabisco compulsiva com giz de cera, calcadas em cores violentas no papel e coladas na parede do meu quarto uma ao lado da outra, nas palavras que arranco de minha alma se é que tenho já uma alma pois as almas são uma construção que dura a vida toda, palavras que eu tranco à chave num diário e nunca releio e depois rasgo, cadernos e cadernos, nisso tudo há uma espécie de névoa como se fosse apenas um sonho a minha existência, eu me vejo como um vulto se escondendo de mim, com esse homem de óculos escuros que ri e me mostra a distante cidade onde o sol se põe com esplendor divino, dominando tudo, respiro a fumaça da queimada, talvez no fundo eu não queira estar aqui mas na minha prancheta escrevendo, ou colando desenhos nas paredes, porém as flores verdadeiras, as palavras alheias, os homens, as paisagens exteriores são uma tentação, uma chamada a outras esferas, o entendimento do outro, a entrega de mim mesma, esse homem me afasta de mim mesma mas o instante é um prenúncio, como se eu tivesse nascido predestinada a algo que vai me separar do mundo real, pode ser a arte, o amor, pode ser até mesmo a loucura, ou algo irreal, uma espécie de dívida com a qual vim a este mundo e terei de saber como pagá-la.

Dívida

Hoje, ao entardecer, alguém toca a campainha de meu apartamento, acho estranho, nenhuma pessoa pode subir sem antes se apresentar na portaria e pelo interfone ser anunciada ao apartamento aonde deseja ir, talvez seja algum vizinho ou um porteiro para entregar uma correspondência recomendada, pelo olho mágico vejo a figura pequena de uma mulher com o rosto delicado, cabelos pretos escorridos, inofensiva, irreal, abro a porta e ela me pergunta se pode entrar sem dizer quem é nem o que deseja, não sei bem por que, talvez por seus olhos tristes, mas a faço entrar e sentar-se no sofá da sala, observo-a por um longo instante mas ela parece indiferente à minha presença, olha um retrato meu na parede, pintado por uma artista, ela usa um vestido preto de gola de renda que me parece familiar, de repente se vira para mim, mete a mão num saquinho que traz na cintura e tira uma pulseira, diz que está ali para me vender aquela pulseira, tomo a pulseira em minhas mãos, um fio de contas naturais limadas, atadas por um barbante rude, apesar da singeleza é bonita, não costumo usar pulseiras mas digo que comprarei aquela, a mulher rodeia meu pulso e amarra a pulseira ali, dando vários nós bastante entranhados, eu me levanto, pego a bolsa, tiro a carteira e pergunto quanto custa, com um maço de dinheiro na mão, ela sorri com ironia, diz que não é dinheiro, o dinheiro é repugnante e efêmero, quer que eu devolva o que lhe roubei, e digo, num impulso, Sim, perdoe-me, vou devolver, sim, ela estende a mão e ficamos em silêncio, quanto mais eu olho sua mão deformada por calos de trabalho, descarnada e rígida, menos posso compreender o que devo lhe entregar, nada me ocorre mas digo Espere um instante vou buscar, sigo pelo corredor, entro no meu quarto, abro o armário de roupas para pegar o porta-jóias de minha infância que minha babá me deu, e subitamente me lembro, o vestido que ela usa foi meu, apenas está agora um pouco desbotado e não se vêem mais os desenhos, num instante compreendo tudo, como se o passado se tornasse contra mim e se prolongasse sobre meu corpo, volto correndo para a sala com o coração acelerado porém não há mais ninguém, a porta está fechada.

Jantar

A mesa está posta, eu mesma dispus os pratos, as taças, os talheres, os guardanapos para os lábios puros, resignada a fazer parte de um mundo verdadeiro, eu o espero para jantar há anos, o desejo de jantar com ele cresceu, foi tomando meu peito, pois tenho agora vontade de gritar, O que vais comer? logo saberás o prato principal desta noite, perfumada desamparada solitária palpitante, vestido negro, luva negra apenas na mão esquerda, colar de pérolas, minhas almas se debatem dentro de mim e se arrastam atrás de mim como um rabo peludo, vou à janela, olho a rua, acendo um cigarro, fumo, Tudo está à tua espera, fumaça, cabelos presos, ando arrastando na cauda meu coração inconsciente, úmido, a campainha toca, oito horas, abro a porta, seus olhos marítimos são o corpo mostrando o espírito, um espelho surpreendente e atrás dele um homem, os dois embriagados de algo que não sei, Trouxe um amigo, ele diz, ao fechar a porta sinto uma faca destrinçando meu corpo, aquele amigo atrás dele como sua sombra e salvação, um pedaço de mim em cada parte e eu tão desamparada, um gesto qualquer, Encontro-me distanciada, eles bebem uísque, parecem fazer parte do mundo real, aos poucos seus corpos e seus rostos se iluminam para mim, mas ainda há sombras, nove horas, corpos vivos e verdadeiros de homens, por que ele trouxe alguém, terá medo de mim? suas palavras, seus sorrisos, seus olhares furtivos para as paredes da casa, tudo é tão profundo, um reflexo da lua acende o mar e o torna de um negro submerso, eles não querem perder os detalhes de mim como se eu fosse uma caçadora e eles duas presas afundadas no sofá, belos e nervosos, agora embriagados de mim, onze horas, Isto é o mundo, isto sou eu, Gosto de olhar pela janela de mim mesma, Vou vestir um agasalho, eles sussurram na sala, mas param de falar quando retorno, vencida, Sinto frio nos cabelos, Acenda meu cigarro, meia-noite, eles olham o relógio, olham a mesa, os pratos limpos garfos dois cálices duas da manhã, duas taças fêmeas bêbadas de vinho do corpo da mulher, eles vão embora achando que não houve jantar, esqueci de dizer que o jantar era eu.

Mariposas de Madeira

Ao telefone uma voz de mulher, ferida, trágica, diz que precisa me ver, falar comigo, marca a data e o lugar, não entendo bem o que ela quer de mim, é uma mulher conhecida na cidade, eu a vi algumas vezes, numa festa, num clube, num restaurante talvez, uma mulher elegante, sou jovem e tenho medo das pessoas, quando estou aguando o jardim e vejo se aproximarem os alunos da escola pública eu me escondo no quarto e os observo pela fresta da persiana, ruidosos, alegres, espero que passem todos e só então volto ao gramado, algumas pessoas dizem a minha mãe que deve mudar a filha da escola de freiras para uma escola pública, as escolas de freiras agravam a timidez, ensinando o recato às moças e reprovando a extroversão, Freiras fabricam meninas sonsas, alguém diz, talvez tenha razão, devo escolher uma tarefa semanal no serviço doméstico, e escolho encerar a varanda, de quatro feito um animal, os cabelos soltos, sinto os olhos dos homens passantes e o desejo neles despertado, uma exibição dissimulada, simbólica, provocativa, o que deseja de mim a desconhecida que me ligou? movida pela curiosidade compareço ao bar, ela me espera sentada a uma mesa com um sujeito de terno, e me impressiona que esteja vestida com um casaco de pele neste dia de outono, diante de seu casaco de pele sinto-me singela em meu vestidinho caseiro e duas tranças arrematadas por borrachas de amarrar dinheiro, minhas sandálias franciscanas, o sujeito me manda sentar e diz que é advogado dela, ouço-a falar, com as mãos tensas se contorcendo ela me pede que não me aproxime mais do homem que ela ama, e diz o nome dele, depois me ameaça, o advogado dá uns tapinhas carinhosos no pulso da mulher, aconselha que fique mais calma, ela cai num choro soluçante, controla-se, eu não conheço o homem de quem ela está falando, o homem que ela ama, talvez seja um estrangeiro de olhos azuis que perambula nos gramados e de vez em quando senta à sombra de uma árvore e canta canções de sua terra, mas não digo nada, não sei por que, o advogado deixa algum dinheiro sobre a mesa e eles se vão.

Incompreensão

No começo eu não entendia a diferença que há entre mim e eles, tampouco os outros compreendiam, riam de mim e me apontavam na rua, minha tia mais velha diz que eu nasci com essa aberração porque minha mãe, assim como minha bisavó, foram mulheres lúbricas, e me mostra uma carta de mamãe ao meu pai quando ficaram noivos na qual mamãe pede desculpas por ser sensual Querido espero que isso não seja motivo para me temeres, ela consultou um médico para saber se poderia controlar seus desejos, suas fantasias Não há um remédio para isso doutor? Disseram que perdi a virgindade numa consulta médica, Pode escrever que sou intacta? mamãe também era vaidosa, diz minha tia, Vaidosa como uma feiticeira, enquanto as irmãs descascavam mandioca, pilavam os cereais, lavavam e passavam as roupas, arrumavam a casa, varriam as folhas do quintal, buscavam água na bica, mamãe bordava blusas, franzia saias amplas de chita, cultivava seus dentes irisados e seu busto perfeito, lia romances escondida e escrevia poesias apaixonadas, usava um colar de pérolas falsas, vestia-se diante do espelho imaginando-se em festas escorregando nas sedas, minha tia diz que ela casou com papai porque ele dançava bem uma valsa e poderia lhe dar uma vida de festas danúbio azul tantan tantan depois de casada passou a usar perfumes verdadeiros pérolas negras em três voltas com fecho de brilhantes, pandantifes, solitários de mil quilates carro hidramático vestidos rebordados de canutilhos echarpes chapéus velados veludos palazzo pijama, Mas eu não sou vaidosa, digo para minha tia, se pudesse viveria numa casa sem ninguém, apenas uma luz mortiça para iluminar a escrivaninha que eu teria, nada mais, nem espelhos, assim ninguém me veria nem eu os veria E eu não gosto de festas, digo para minha tia, quer dizer, não as festas na realidade, gosto das festas nos sonhos os banquetes de corpos línguas tesudas na flor do ventre bocas nas peras lambe lambe meu amor Por que apenas eu nasci assim tia, com esse defeito? E ela, que sempre atribui a Deus as qualidades do mundo, diz, Foi o Diabo, minha sobrinha, o teu pai.

Pai

Embora mamãe proíba, passo a ter encontros com meu pai, ele vem na caminhonete rural, vestido com seu terno branco e seu chapéu, os óculos rayban, o anel de safira no dedo, o cigarro dependurado na boca e a cinza imensa dando uma sensação de risco, de queda iminente, senta no degrau da escada e diz que precisa encontrar uma casa, ele que sempre construiu casas e postos agrícolas está agora vivendo de apartamento em apartamento sem nunca desfazer a mala de roupas que é tudo o que possui, além de alguns equipamentos esportivos como sua espingarda de caça, devo providenciar com urgência uma boa casa de pedra onde ele possa ficar só, seu terno é tão bem engomado, custo a acreditar que tenha sido retirado de uma mala, ou então ele me espera à saída da escola vestido com seu terno preto de ocasiões especiais como um casamento ou uma formatura, a cinza do cigarro cai em seu peito e deixa um rastro, ele traga a fumaça, sopra-a em meu rosto, assanha meus cabelos, suspira, diz que não suporta mais as saudades de mamãe no mundo em que agora vive, que eu não devo me sentir abandonada por ele jamais ter me beijado, Pais não devem beijar filhas bastardas, ele diz, e ri, ou então aparece com sua roupa de jogar tênis e na mão a raquete, ou em calção de banho desce do jipe acompanhado de suas secretárias, mas eu acho que são amantes, numa delas eu observo o buço escuro, em outra a pintura borrada nos lábios, numa terceira, loura, percebo que cheira a uísque, papai diz que quer os cajus do cajueiro no quintal, ele injetou com uma seringa uísque nas frutas e agora estão maduras, ele vem de dia no horário de trabalho de mamãe, vai embora às pressas mas fica espreitando de dentro do carro a chegada dela, ela chega com os cabelos molhados, cansada, os sapatos nas mãos, sem tirar o vestido joga-se na cama e dorme até o meio-dia quando volto da escola e lhe sirvo o café da manhã numa bandeja na cama, ela pergunta se vi papai e digo que sim mas ela sorri, acha que estou apenas mentindo, como sempre, uma menininha mentirosa dando asas à imaginação, diz que sou capaz de imaginar qualquer tolice, até mesmo que papai está vivo.

Esquecimento

Caminho pela cidade, é a primeira vez que volto aqui depois de sua morte, mas eu ainda o procuro, posso aceitar seu desaparecimento físico, mas não a sua ausência completa, onde estará ele? quem se lembrará dele? apenas eu? passar da existência à inexistência é compreensível, faz parte da generosidade da natureza, que sempre se renova, precisamos de um fim para que algo tenha seu começo, assim é o mundo, mas o sentimento de ser esquecido para mim dói tanto, sei que algumas pessoas vivem esperando ser esquecidas, viveu ele assim? ele dizia que sim, queria ser esquecido, mas se escreveu poemas, não era um desejo íntimo de se perpetuar? por que não ateou fogo, ele mesmo, aos seus papéis? se eu tivesse bastante dinheiro mandaria fazer uma linda estátua dele, de corpo inteiro, não aquela horrível máscara que fizeram do rosto de Joyce, embora ele pareça sob o barro estar sorrindo, zombando da imobilidade, mas como aquela estátua em que ele está sentado diante de um muro de pedras coberto de hera, no cemitério de Zurique, as pernas cruzadas, um livro na mão esquerda, a direita segurando um charuto, uma bengala encostada na perna, ele está olhando para o lado como se ouvisse alguém a lhe falar, mas estivesse um pouco surdo, lendo, fumando e escutando, talvez falte ali um copo de cerveja, ou uma garrafa de uísque, De que adianta ser lembrado? isso não me traz nenhum consolo, ele dizia, o melhor era viver, fraco lascivo e perdulário, Viver não é nada mais que tropeçar, não se pode viver para sempre, sei que há um mundo onde os mortos caminham e falam, sorriem e assistem com paciência ao infinito fim de cada um, as ruas da cidade estão vazias, embora haja gente caminhando de um lado para outro, caminho entre as sombras de pessoas até a casa onde ele viveu, está fechada, o jardim abandonado, coberto de folhas gravetos papel, ervas daninhas crescendo no gramado, capim, é dia mas na varanda há uma luz acesa, ele costumava deixar a luz da varanda acesa quando viajava, sinto sua presença cálida e amiga, lembro que ele dizia, Um dia, minha querida, quando a gente fica bem velho, descobre que a morte não existe.

Cemitério

Numa manhã de sol tomamos café preto, comemos uma maçã e vamos visitar o cemitério, no caminho ele me fala sobre sua vida, um solitário, perambulou pelo mundo de país em país fingindo ser outros homens, casou-se duas ou três vezes, sempre com mulheres exóticas: uma atriz que vestia casacos de vison e fumava sem parar, uma escritora cega e autora de romances de sucesso, uma vietnamita fugida da guerra, mas o seu grande amor fora por uma mulher que não conhecia, nem mesmo sabia seu nome, vira-a apenas algumas vezes perdido em sua crispação, vestida de negro num anoitecer, musselinas finas perdidas nas neblinas, um corpo todo de jóias, caminhando na rua, ou na casa de um amigo que costumava fazer festas e a convidava, ela circulava entre as pessoas um pouco triste, silenciosa, atraente como um abismo, cujo olhar o fez renascer de repente, ele chegou a dançar com ela, segurando-a pela cintura, sentiu seu perfume e num instante seus lábios quase se tocaram num beijo, depois nunca mais a vira, apenas aos mais íntimos revelava o segredo de seu amor, Por que nunca a procurou? por medo de não ser amado, eu lhe disse que ela decerto se sentiria atraída por ele, e o amaria, mas ele esperou revê-la, ao acaso, na rua, nas festas, até que um dia soube que ela morrera, foi como se ele mesmo tivesse morrido, então entramos no pequeno cemitério que mais parece um jardim, Os católicos não costumam vagar nos cemitérios, não é mesmo? andamos ali, de pedra em pedra, lendo os nomes dos mortos, os túmulos são floridos, clívias violetas prímulas, cobertos de relva fresca, urzes cinerárias, dão mais idéia de vida do que de morte, adolescentes lancham, sentados num banco, um casal de velhos agachados, ela planta mudas, o homem cava a terra com uma pequena pá vermelha, há árvores de folhas suaves, ele me guia pelas aléias em busca do túmulo da mulher, por fim o encontramos, um pedaço de terra nua, aqui e ali um capim ou uma flor silvestre, um copo de papel amassado, várias pontas de cigarro e uma rosa murcha, O único túmulo que não é ajardinado, comento, ele fica em silêncio, tira os óculos e respira fundo, ajoelho-me, com um graveto escrevo na terra a palavra *adeus*.

Um Vestido

Ele diz Vamos sair e segura o casaco para que eu o vista, abre a garagem tira o carro e partimos, rodamos pelas ruas da cidade vazia, no caminho ele diz Vou lhe comprar um vestido, fico perturbada, não temos nenhuma intimidade a não ser intelectual, além disso nunca nenhum homem antes saiu comigo para me comprar um vestido, mesmo eu nunca dei importância a vestidos, quando jovem roupas foram algo irrelevante para mim, superficial, comprava roupas quando oscilava entre uma e outra personalidade e agora, mulher madura, descontente comigo mesma me escondo nas formas corporais nas texturas dos panos nas cores, ora visto tailleurs escuros ora calças jeans e sandálias ora vestidos longos ora a cintura esganada ora destituída de graça e vaidade ora ostentando a carne, ou afogada em preto ora terno e gravata, anáguas rendadas, de acordo com minhas variações de humor e de espírito, como se estivesse a vestir cada mulher que eu gostaria de ser, minha mãe sempre diz Você precisa ter um estilo, olho o perfil dele ao volante, motivado por algum sentimento secreto, ele enterrou em minha alma um elemento profundo ligado a *vestido*, pára à porta de uma loja, entramos, ele examina as roupas nos cabides, separa algumas e me diz para experimentá-las, vestidos azuis ou negros de seda, prateados, por um instante chego a pensar que seu interesse é lúbrico, quer se excitar com a idéia de que eu me desnudo ao lado dele separados apenas por uma cortina, abro uma fresta da cortina mas ele conversa inocente com a vendedora, tem um ar de dignidade e pudor, trata-se de algo ainda mais inquietante do que o sexo, talvez um fundo ritual de sedução, mas ele age de modo tão natural, eu me ponho na frente do espelho com um vestido, ele acena negativamente com a cabeça e me faz experimentar outro, as roupas que visto se tornam sinais de nossas fantasias, os diversos elementos de meu corpo compondo a cada roupa uma nova imagem, num jogo de encantamentos e mistérios, a cada pousar do tecido na curva dos quadris, dos seios, como se vestir o corpo fosse o mesmo que desnudar a alma.

Maiô

Compro um maiô novo, preto, tem um franzido que aumenta o busto como eu queria, favorece a minha silhueta embora seja um pouco fora de moda, as alças formam um triângulo sobre as clavículas, as coxas surgem de linhas retas, não há aquela cava desenhada com o intuito de alongar as pernas da mulher e mostrá-las mais, nas costas fica um fecho ecler, compro-o para ir à praia nas noites de lua cheia encontrar um homem imaginário, jamais o usaria à luz do dia, tenho vergonha de meu corpo, de que olhem para mim, de noite meu marido não nota que eu estou andando pelo quarto vestida de maiô, tenho dormido vestida com o maiô, quando meu marido está dormindo e as ondas do mar formam um banco de areia e lançam na terra conchas que cortam os pés, vejo-o de longe, seus cabelos brancos, o homem corre em minha direção, me abraça, beija com sua boca fria e sussurra ao meu ouvido Maiô novo? deitamos de mãos dadas na areia para olhar o céu, não, ele me leva montanha acima até o belvedere onde fumamos e conversamos sobre o amor abraçados e fazemos sexo aos gritos no asfalto, não, ele não vem e fico sozinha de maiô preto riscando a areia com um graveto, sou abordada por outro homem que diz ter me seguido, é meu vizinho e me vê nas noites de lua cheia caminhar na praia solitária e escrever na areia São palavras ou desenhos? e eu lhe mostro as estrelas Por que você está sempre sozinha? como um relâmpago me vem à mente a certeza de que ele vai me matar, corro pela areia cortando os pés nas conchas e meu sangue deixa um rastro à luz do luar o homem corre atrás de mim tem uma faca na mão subo nas pedras cobertas de baratas repugnantes fujo o homem me alcança e me segura pelos ombros grito ele me beija e vejo que era meu marido, não, meu marido chega triste cabisbaixo e me diz que não quer mais me encontrar pois ama outra mulher e pergunta Maiô novo? ou então meu marido está morto estendido nas pedras com um tiro no peito e sei quem foi ou então eu o mato e depois mato a mim mesma para cumprir nosso pacto, a noite cai, vou à janela, o mundo está como sempre, e a praia deserta, deito na cama e adormeço.

Olhos

Tenho olhos limpos e gigantes que dão a sensação de uma voragem, um mistério oceânico, uma estatura arbitrária de vênus nascente, seios eretos e ombros ebúrneos, minha beleza atormentada impressiona, assim como a minha sensualidade provocadora, minha ousadia satânica estarrece, me deixo fotografar nua, nua com xale, nua na espuma do mar, nua de braços para cima, nua no divã, nua estendida no chão, nua com peles, nua com pérolas, nua curvada, tenho um corpo poético mas minha monstruosidade está no rosto, ou melhor, no olhar, meus olhos borram toda a minha face, fulgores de outro mundo, o deus que desenhou meus olhos faz uma intempestiva pintura quase primitiva sem nenhuma intenção de reconhecimento artístico mas uma necessidade catártica, de confissão de seus sentimentos, vivo entre cenas de amor e de cotidiano, vou a circos, touradas, festas populares para que os homens encostem seus corpos quentes no meu corpo frio e necessitado, para sentir as mãos de desconhecidos nos meus peitos, entregar meu corpo aos vendedores de rua e à gente pobre, sem estar nunca ao lado dos homens que amo, entrego minha vida à paixão pelos homens e pela própria existência, uma paixão violenta capaz de ofuscar meu trabalho e destruir minha vida, uma égua fina, de olhos veementes e com descomunais impulsos de luxúria e ninfomania, para protagonizar uma história dramática, dizem que matei meu próprio filho num acesso de fúria, não desminto, talvez tenha sido assim mesmo, talvez eu tenha caído de uma escada numa briga com meu marido, eu o encontrei na cama com alguém, isso é comum, era um cadete, seu catamito, sei que tenho rasgos de loucura e a vida é entediante, opressiva, Eu te pus cornos com vinte namorados, velho louco, tenho um amante que é um cantor italiano de ópera, ele me visita de noite, o comandante morto no naufrágio me visita de noite, um pintor me visita de noite, meu pai, de família porfiriana endinheirada, o general, todos vêm me foder, e quando vão embora, sozinha me tranco em minha cova de coisas estranhas e alucinantes, a beber conhaque e, por suposto, cremas de amor.

Cachondeos

Na cama faço carícias nos meus seios que gotejam leite escorrendo na pele, ele acabou de sair daqui, não posso dormir, estou nua, talvez por isso não adormeça, então visto a camisola, vou até a cozinha, esquento leite e tomo, toda a cidade está adormecida, volto para a cama, fico de lado, de bruços, não consigo dormir, sinto calor, tiro a camisola, abro a veneziana e olho a rua deserta, fecho os olhos, no escuro das pálpebras ele aparece lambendo minha barriga, roendo minhas orelhas e mamando meus peitos, preciso descansar, o calor está demais, pego uma bacia de gelo na cozinha, deito na cama, passo pedras de gelo nas tetas e na língua, deito na cama tentando dormir, ardendo na cama, passando algodão com creme nos meus seios estufados de leite, ouço a música ao longe, tiro a camisola, lavo as tetas, visto o vestido e vou para a cozinha, o cachorro sobe nas minhas pernas e fornica, bato nele com a vara e ele foge ganindo, ouço uma voz na cozinha, um homem entra, desce a blusa do meu vestido e mama, lambe os beiços e vai embora, o fogo arde, a brisa vinda da clarabóia refresca minhas tetas, minha blusa está molhada, então vem outro homem e faz sexo seis vezes, sopra as brasas do fogão para não se apagarem, chupando pirulitos de cereja, pérolas do oriente enfiadas ao acaso, chega um terceiro homem, tira do bolso uma folha de papel e com o rosto vermelho mama meus peitos segurando as minhas nádegas declamando entre goles de leite morno Ah vício que suaves são teus voluptuosos caminhos, quem pode escapar ao fascínio do teu esgar? como você quiser, como você quiser, então outro homem vem, esfrega gengibre nas mãos e me faz carícias terere conterere terere conterere este é o segredo das mulheres, a dizer tolices ridículas, Tuas tetas derreteriam um anacoreta, As moças são como os bifes quanto mais batidas mais tenras, Sabes o que quer dizer vice-versa? tu fazes o vice e eu faço o versa, então ele se vai deixando um rastro leitoso na pedra da casa, o sino da igreja bate, tomo um banho demorado e me perfumo, visto o vestido preto e o véu preto da igreja ornando a cabeça, desce a noite e a porta se abre, é ele que está de volta.

Dança na Relva

Ele dança comigo em silêncio, estamos no campo, nosso almoço na relva, uma brisa fresca, suas mãos apertam minha cintura e minha mão que segura o leque, seus lábios quase tocam meu chapéu vermelho, ele está de preto e creio que dança com os olhos fechados, sua respiração pode ser sentida em minha pele, desce pelo meu colo e transpõe as rendas da gola de meu vestido assim como o calor de suas mãos ultrapassa o tecido da roupa e as linhas tramadas de minha luva, sua solidez de alma pode ser sentida em cada gesto que o corpo faz, prisioneiro de uma masculinidade bruta, cada passo que ele dá parece ter sido decidido por pensamentos, não se entrega à doçura do gesto solto levado pelo vento ou pelo acaso, como se fosse uma interdição ao espírito, apenas a solidão o liberta e ele não está sozinho como certos homens ao dançarem com uma mulher que parecem dançar sozinhos ou consigo mesmos, embora distante ele se integra a mim entrelaçado nos meus mistérios como se levasse minha alma às estrelas diurnas, não parece tocar o meu corpo mas algo mais fundo que sente dentro de mim, tudo isso percebo e no entanto não falamos nada, tento imaginar o que ele diria, talvez Prefiro me calar Meu afeto é intransitivo, o que eu poderia dizer a ele? Parece um sonho, Adoro dançar na relva, ele tenta com a minha presença atenuar a sua, tenta existir através de meu corpo que tem em mãos dominado sem no entanto oprimi-lo, experimento uma terna gratidão por este homem suave e doloroso, não lhe devo nada a não ser a sua existência e o seu esforço sufocante para não se desvanecer sob a opressão do passado, das imagens terríveis da lembrança, das abissais dúvidas e sua realidade transformada em pó que ele sopra de seus papéis onde afinal os silêncios se transformam em verdades, perto dele me sinto tão frívola e ao mesmo tempo tão obscura, presa em suas mãos rudes de agricultor eu me sinto tão livre na relva, tão transformada numa coleção de prazeres e belezas, tudo é tão ambíguo que nada podemos dizer, nenhuma palavra o diria.

Verdade

Estaciono o carro um pouco adiante da portaria do edifício e espero, preciso fazer isso, minhas mãos tremem, meu peito está oprimido por um peso, uma espécie de calor vem de dentro de mim e faz meu corpo tremer, aguça meus olhos, enxergo como alguém diante da possibilidade de matar ou morrer, cada movimento que ocorre na paisagem é registrado por mim e cada um tem um significado irreal, sei que minha cabeça está num surto, para alguma coisa serve a desgraça, se descobrir, irei perdê-lo? tenho certeza de que ele vai entrar no edifício, até sonhei com isso, acredito em tudo o que é absurdo, quero ver o rosto dele, apenas isso, não vou falar com ele nem me descontrolar, sei que ele tem segredos, encontro vestígios no chão, no banheiro, no suéter, nos lençóis, no espelho, um carro sai da garagem meu coração dispara mas não é ele, os olhos dele e aqueles silêncios, perguntas sem resposta, frases vagas e sorrisos desconcertados, ele mesmo me dizia que apenas duvidando chegamos à verdade, um carro entra na garagem mas ainda não é ele, está demorando tanto, talvez seja melhor ir embora mas preciso saber a verdade, tenho vontade de chorar, morro de medo de ser vista pelo porteiro, sei bem o que ele pensará de mim vendo-me à espreita, numa tocaia, numa loucura feminina, tão vulnerável que ele vai imaginar que pode me levar para onde quiser, por que não entro, toco a campainha e acabo logo com isso? são horas de tensão e desespero, cada automóvel, cada pessoa, me causa palpitação e tremor, demora tanto que em alguns instantes me esqueço por que motivo estou aqui, a tarde inteira, até que anoitece e decido ir embora, quando ligo o motor do carro vejo-o surgir na esquina, cabisbaixo, acompanhado por um cachorro sarnento, com um saco de pão da padaria debaixo do braço, o casaco velho dele surrado, ele me vê e seus olhos brilham, tropeça numa pedra, abraça-me, alegre diz que passou horas e horas sentado no sofá da minha casa tomando café, fumando charuto, esperando que eu chegasse, onde estive eu a tarde toda?

Filho

Meu filho diz que vai embora, isso me perturba, vejo minhas mãos ainda sujas de leite, nem sei que conselhos dar, Não peça nada a ninguém, ou, Engraxe os sapatos, por que temos de perder tudo o que criamos? pobre filho, teve uma mãe destrambelhada, ficou só no mundo para fazer de si um homem, nem mesmo tive paciência para o ajudar no dever de casa, nem tentei explicar-lhe como desfazer um nó, quantas vezes adormeci antes dele ou lhe dei mingau queimado, ele teve de suportar a minha instabilidade, as mudanças de estado de espírito, as mudanças de trabalho, de casa, quando nos mudamos pela primeira vez ele disse chorando enquanto arrumava suas malas que nunca mais faria amigos que viveria solitário e casmurro e nunca mais iria sorrir, o burro-sem-rabo levou nossas poucas coisas amarradas, uma caixa de livros, uma cesta de panelas, pratos e talheres, alguns lençóis, um espelho que foi de minha avó, uma poltrona rasgada, um baú de brinquedos, um fogão enferrujado, num dia de domingo, enquanto eu puxava meu filho pela mão, mas um ano depois, ou melhor, após um ano amuado e trancado em casa ele encontrou um menino na portaria do edifício, o filho do porteiro, menino de olhos verdes, e travaram amizade, voltou à vida normal de criança, jogava bola no pátio, fez outros amigos, mas precisei mudar novamente, arrastando-o pela mão atrás do burro-sem-rabo, um quadro de paisagem marinha, um abajur de renda, uma coleção de bolas de gude, os nossos bens amarrados com corda, suas lágrimas queimando meu peito, mas eu nada podia fazer, era irresistível, tudo já havia mudado dentro de mim e a casa não me servia mais, numa das vezes ele ficou um ano sem desfazer as malas, sem abrir o baú de brinquedos, seu prazo de ressentimento era de um ano, um ano depois ele desfez as malas e retirou as roupas amarfanhadas, pendurou nos cabides vazios, encheu as gavetas empoeiradas e foi para a sala com seus olhos redondos e um olhar inquiridor, prometi que não mudaria nunca mais, mas eu não podia suportar mais as casas acabadas, Não gaste sua coleção de moedas, digo quando ele abre a porta e um vento frio se precipita sobre mim.

Separação

Ele entra no quarto, tira o paletó e diz, Vou embora, fico de repente pesada, pálida, viro de costas para que ele não me veja abatida, sinto vontade de voltar à página que está pela metade, não tenho escritório, trabalho com uma pequena máquina de escrever que fica numa mesinha encostada à janela de onde vejo as estações se sucederem sem me dar conta, batendo os dedos nas letras e vagando por paisagens interiores e secretas, as crianças dormem, nesta manhã estou na metade da página quando ele entra e diz, Vou embora, neva no jardim da casa e sinto um frio profundo, anterior a mim, retiro o papel da máquina de escrever, amasso-o e jogo-o no lixo, sem me virar para ele, Para sempre, ele completa, pega o telefone e pede um táxi, abre o armário e tira a mala, joga-a aberta sobre a cama, vejo-o encher a mala com camisas, sapatos, ternos, meias, cuecas, não sinto mais atração física por ele, nem por mim mesma, tenho lhe entregado um corpo passivo e frio, beijos com gosto de alho, nosso amor é apenas uma simulação a mais, porém éramos felizes com nossas pequenas mentiras e nos sustentávamos um ao outro, com nossos corações mansos sem ódio, ele me dava dinheiro eu fazia sua comida, ele me dava vestidos eu lavava suas camisas, eu lhe dava sexo ele me dava reflexões filosóficas, ele me dava vinho eu lhe dava sexo, ele entra no banheiro, acende a luz, é uma manhã escura e o nosso quarto costuma ficar na penumbra no inverno, ele sai do banheiro trazendo nas mãos seus objetos de toalete, joga tudo na mala, fecha a mala, não consigo dizer nada, vejo uma lágrima fina escorrer de seu olho, um dia ele chegou do trabalho com uma marca de batom na gola do paletó mas era a cor do batom que eu mesma usava, a única mulher havia sido eu, e eu não existia mais, talvez fosse isso, ele fecha a mala, penso se poderei perdoá-lo por ter matado a minha paixão, o motor do táxi soa lá fora, diante do espelho pinto os lábios com batom, quando percebo ele não está mais no quarto, ouço vozes de homens, a porta bater, o carro se afastar, visto o casaco de pele por cima da camisola e calço a sandália, saio, cai uma chuva fina, durante um longo tempo sigo o rastro dos pneus na neve que derrete, com os pés gelados, molhada, tentando não pensar.

Aves

O apartamento onde moro sozinha fica no alto de um edifício muito alto, é o último andar do edifício mais alto do bairro, sobre uma colina e o mar adiante, aberto, tanta sensação de infinito me dá pavor, só me alivio quando posso ver gaivotas, falcões, pombas e outras aves voando ou planando nas correntes de ar abaixo dos meus pés, posso ver seus olhos de perto, contemplar em detalhes suas asas frementes, metálicas, as penas que cintilam ao sol, no céu impassível, imutável, infinito, amplo, terrível, vazio vazio uma vertigem, em alguns momentos elas também me olham, vêem a minha imagem fria e curiosa, imóvel, tentam intuir meu procedimento, uma caça? um predador? uma vez li num livro que as aves sentem-se atraídas pelo observador, vendo-as me transformo numa ave, quando me sinto solitária fico à janela contemplando seus corpos apertados, as patas encolhidas, suas penas que cintilam ao luar enquanto bebo uma taça de vinho e como um pão, deixo o telefone tocar, vazia vazia sozinha, vestida como se fosse para uma festa, de batom vermelho-sangue nos lábios, como se dançasse com aquelas aves, ao som do batimento de suas asas frementes, acompanhado de gritos, com desejo de abatê-las e elas com desejo de me devorar, criaturas ameaçadoras de grandes asas, que me assombram, que me fazem companhia em plena noite de solidão, calçada com sapatos pretos e dourados de salto alto que voam e flanam ao som do batimento de meu sangue, elas com tanto espaço, eu com tão pouco, seus olhos luzentes, aproximam-se do vidro da janela, pousam na marquise mais afastada e esperam, o que estarão esperando? que eu vá buscar um fuzil? Mate-as! grita meu pai, meu pai caçava com amigos, saía de chapéu panamá e uma espingarda, uma caixa de balas, tomava um barco e penetrava nos braços da represa, trazia ao entardecer um fio de animais mortos, aquelas aves sangrentas continuam na minha mente, ponho o rádio no volume máximo, sinto frio, visto o xale florido, acima das luzes da cidade amo aquelas aves que me apavoram, as lembranças que me trazem, a solidão.

A Invenção do Amor

Decido assim, num instante, uma decisão quase natural, algo que vem se revelando dentro de minha mente, uma água se desturvando que me surpreende à espreita na sombra do meu mundo mais verdadeiro, uma parte de mim se desfaz outra se despedaça, os pedaços vão caindo, a realidade chega destrutiva e meus sonhos me escapam pelas miudezas cotidianas, não sei se foi uma guerra e se será uma derrota ou apenas a aceitação da fatalidade, habituada a viver o presente pergunto a mim mesma se de alguma maneira o passado pode ser infinito porque, sim, é uma espécie de fogo ainda mais poderoso que me consome horas e horas dias e dias anos e anos, que me aniquila a razão mas mitiga os meus erros, dá um sentido ao meu estupor ao meu vazio ao meu nada, uma espécie de escravidão sem lágrimas, o nome dele sussurrado no escuro anos a fio, decido após conhecê-lo de todo, depois de ter tocado todas as suas partes, ter tido a percepção de suas afinidades mais íntimas, o seu avesso feminino, a visão de sua forma total, embora tenha lido sobre ele e pensado a maior parte de meus pensamentos sobre ele e sonhado quase todos os meus sonhos com ele e sentido sua plenitude em meus ouvidos e tendo ele segurado outros seios e tendo eu visto seus lábios tremerem de paixão por outras, poderei viver sem ele? pouco importa, decido, abro o meu armário, tiro de dentro o vestido vermelho, o vestido branco de gaze, o preto, o estampado e decotado nas costas, os floridos e de golas de renda, tiro os sapatos de salto fino, as camisolas de seda, no porta-jóias do banheiro tiro os enfeites e os batons, experimento tudo, me pinto, me lavo, visto e desvisto, me desnudo, será hoje mesmo, tomaremos vinho, não é como marcar um encontro para dizer adeus a quem nunca tive, não é o mesmo que num restaurante dizer a um homem que o amo, não é apenas uma descoberta nem apenas a invenção do amor, será um gesto para o qual nasci, nem mesmo precisarei falar, ele compreenderá ao ver meus olhos, abrirei todas as portas, sinto medo, eu me tornarei uma mulher fria e insensível a ele, não quero ver sua alma, serei aniquilada, há um motivo, o mais longo segredo no mais profundo esconderijo, então fecho os olhos e digo em silêncio, Adeus eu queria dizer adeus eu queria dizer adeus mas estou indo ao teu encontro finalmente amor meu.

Contos

"Violino" e "Rosa-dos-ventos" ("Lorelei") — *O Estado de S. Paulo*, 9 de agosto de 1997
"Olhos" ("La dama de los gatos") — *Caros amigos*, dezembro de 1997
"Meus livros" ("Minha biblioteca") — *Caros amigos*, fevereiro de 1998
"Mulher a caminho" ("O leitor") — *Caros amigos*, maio de 1998
"Meu professor" — *Caros amigos*, novembro de 1998
"Jantar" — *Nuevo texto crítico*, Universidade de Stanford, 1998

"Mulher perfeita" é baseado na vida de Maria Benz.
"Carta de Odete" é uma reescritura de cartas de Odete Nogueira da Silva.
"Faca" é inspirado numa história contada por dr. Atl.
"Mulher a caminho" faz citações a Raduan Nassar.
"Jantar" foi contado por Francisco Buarque.

ESTA OBRA FOI COMPOSTA PELO GRUPO DE CRIAÇÃO EM GARAMOND, TEVE SEUS FILMES GERADOS NO BUREAU 34 E FOI IMPRESSA PELA GEOGRÁFICA EM OFF-SET SOBRE PAPEL PÓLEN BOLD DA COMPANHIA SUZANO PARA A EDITORA SCHWARCZ EM MARÇO DE 1999.